KB103665

사회복지 하는 간호사가 되기까지 8년이 걸렸다.

지은이 김정은
발　행 2022년 12월 3일
펴낸이 한건희
펴낸곳 주식회사 부크크
출판사등록　2014.07.15.(제2014-16호)
주 소　서울특별시 금천구 가산디지털1로 119 SK 트윈타워 A동 305호
전　화 1670-8316
이메일　info@bookk.co.kr

ISBN 979-11-410-0331-9

www.bookk.co.kr

사회복지하는 간호사가 되기까지 8년이 걸렸다

김정은

1) 해당 복지관의 주요 사업 등을 숙지한다.

2) 미션 비전에 어떤 점이 적합한지 정리해 본다.

3) 복지관의 주요 사업과 자신이 사회복지사와 어떤 협업을 이루어 낼지 구상해 본다.

4) 채용서류부터 튀어야 한다.

③ 복지관 간호사가 되기 위해 준비해야 할 것

1) 컴퓨터활용능력

2) 노인에 대한 가치관 정립

3) 사회복지 자격증

4) 입사 방법 숙지

① 복지서비스 팀으로 배치되다.

1) 건강교육

2) 건강측정 결과에 따른 보건소와 병원 연계

3) 무료 진료

4) 건강관리실 운영
5) 간호 실습 지도
6) 방문간호
7) 그 외 주 업무

4장. 사회복지관 사회복지사가 되기 위한 준비

① 나는 간호 대학원이 아닌 사회복지 대학원으로 간다.

5장. 사회복지관 사회복지사가 되다.

① 어려움의 과정 - 성장의 시기

1) 내가 왜 사회복지사 밑에 있어야 해?
2) 나는 사회복지를 이해하려 노력하는데 왜 그들은 간호사 업무를 알려고 노력하지 않아?
3) 내가 왜 (사회복지) 업무를 해야 해?
4) 내가 왜 (사례관리) 팀으로 가야 해?
5) 사회복지관에서는 간호사인 나를 성장시켜줄 사람은

없어

6) 위기 대처/고독사 처리는 간호사만 가능하나요?

② 사례관리팀으로 로테이션 되다.

1) 보건 의료 사례관리

6장. 사회복지관 간호복지사가 되다.

① 콜라보 널스

1) 팀 사례관리
2) 팀원 슈퍼비전 (항암/치매)
3) 무료 급식 인테이크
4) 각종 회의 참여
5) 외부 강의 기회

만삭에 나의 어르신의 사망을 목격하다.
2) '차갑게 식은 어르신의 몸에 조용히 이불을 덮어 드리다.'
3) '선생님 잘못이 아니에요.'
죽는 게 어르신 소원이었는데….
4) '일주일이 지나서야 발견되는 어르신'

9장. 직장 생활 참 힘들다
번 아웃 오다.   119

① 고독사 이후 남아있는 마음의 어려움 (극복 과정)

1) 보건복지부로 제안서를 보내다.
2) 복지관 사례 슈퍼비전 시간에 울어 버리다.
3) 고독사로 인한 마음의 어려움으로 심리 상담 치료를 시작하다.
4) 정신과 진료를 받다.
5) 업무 로테이션을 신청하다.
5-1) 업무 로테이션 그 후
6) 무급 휴직 - 한 달 동안 백수가 되어보기로 했다
7) 한 달 무급 휴직 그 후

프롤로그

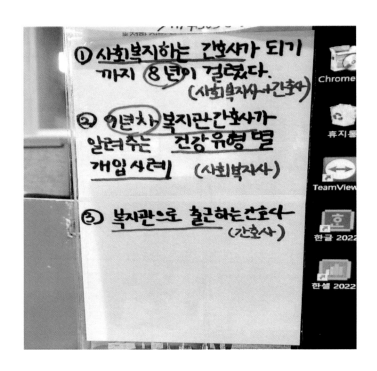

처음 책을 써야겠다고 생각한 건
직장 생활 중
심한 무기력에 빠져있었을 때다.

누군가가 그런 말을 했다.
마음이 아프고 소진이 온
이유는 네가 진심으로
일했기 때문이라고

남편은
너는 왜 매사에 진심이냐?
일을 왜 매사에 진심으로 해
그렇게 해서 널 힘들게 해
라고 이야기해 줬다.

간호사인 내가
사회복지관에 와서
사회복지사와 동등한
위치에 오르기까지는
내가 사회복지 대학원을
졸업했기 때문도 아니고
사회복지 자격증을 따서도 아니다.

남편의 말대로
매사에 진심으로 일을 했기 때문이다.

그 진심이 나를 참 아프게 했다.
매사 진심을 다한 어르신의 사망이,
그 얼굴이 나를 아프게 했고
좋지 않은 결과를 맞이할 때마다
나는 무너졌다.
그래서 나는 그냥 무기력 상태였다.

어느 정도였냐면
업무처리 속도 1위이던 내가
어느 순간 아무것도 하지 못했다.

출근해서 온종일
책상 앞에 앉아
뭘 하고 있나 싶을 정도로
컴퓨터 내에 있는 파일들을
여러 번 클릭해 볼 뿐

머릿속이 멍해진 바보처럼
그냥 그렇게 시간을 보냈다.

그런데도
마음이 아프다는 사실을
나는 알아채지 못했다.

퇴근 후
옷도 갈아입지 못한 채
잠이 들었고,

온종일 한 끼를 먹지 않았지만
내가 이상하다고 느끼지 못했다.

내가 조금 아프다는 것을 느낀 순간은
직원회의에서 날이 선 말투로

쓴소리를
거침없이 하는 나에게
상사가 무섭다고 말해줬을 때였다.

그리고 체중이 10kg 이상 빠지고
쇄골이 움푹 파였을 무렵 거울을 보고
아, 내가 지금 아프다는 것을 알게 되었다.

8년간 단 한 번도
업무 일정을 놓친 적이 없던 내가
"주임님 회의 왜 안 오셔요?"라고
전화가 오는 일이 많아졌고

나는 그때마다 아차! 하며
부리나케 회의 장소를 갔다.

회의 일정을 왜 놓쳤지? 라는
의문이 생겼고
회의 도중 조용히
내 업무 바인더를 열어보았다.

회의라고 적어놓은
기록조차 없다.

그렇다.
나는 어떤 회의든 집중하지 못했다.
그 자리에 육체만 있을 뿐

아무 생각도 하지 않는
바보 한 명이 앉아있을 뿐이었다.

업무가 마무리되는 연말
그리고 시작되는 연초는
복지관에서 가장 집중해야 할 때이다.

이전 같았으면 부리나케 움직였을 텐데
아무것도 하지 않았고,
"어쩔 수 없지, 뭐……."라고 생각했다.
아마도 나는 이일을
그만하려고 했던 것 같다.

아무 생각도 못 하게 된 내가
더는 회사에
쓸모가 없어졌다고 생각했고
그냥 여기서 그만하자고 결론을 냈다.

사례관리팀에서 근무하면서
어려운 사례 의뢰가 들어오면
바로 달려갔을 나인데,

나는 사례를 외면해버렸다.
더는 사례관리팀에서
일할 수 없음을 깨닫는 순간이었다.

그래서
퇴사를 준비했다.

그런데 남편은
내가 참 이상하다는 것이다.

네가 대학병원에서
그렇게 많은 월급을 받았고
복지관에 가서
150만 원의 월급을 받았을 때,
너는 그 일을 너무 좋아했다는 것이다.

그런데 지금은 그때보다 월급도 더 많이 올랐고
직급도 높아졌는데, 매일 불행하냐고 물었다.

잊혀졌던 첫 입사
2014년 때가 생각났다.

맞다.
나는 이일이 너무 좋아서
월급 따위는 하나도 중요하지 않았다.

그래서 진짜 진지한 고민을 시작했다.
내가 이 회사가 싫은가?
이 업무가 싫은가에 대해서 말이다.

결론은 나는 이 회사가 좋았다.
그리고 나는 이 회사를 떠날 사유를 찾지 못했다.

단지 현재 나의 건강 상태가
사례관리를 할 준비가 안 됐다.

그래서 업무 로테이션을 신청했고
정신과 진료와 심리 상담

그리고 무급 휴직까지 한 뒤
다시 복직해 일하고 있다.

이렇게 물속에 가라앉는 사람처럼
바닥까지 찍어보니

나의 의지와 상관없이
내가 퇴사를
하게 될 수도 있겠다.

그리고 영영 이 현장으로
돌아오지 못할 수 있겠다.
라는 생각이 들었다.

하지만
지난 8년간의
나의 행복하고
의미 있었던 경험을

퇴사 하나로,
물거품으로 만들고 싶지 않았다.

그래서 시간이 날 때마다
틈틈이 기록으로
남겨놔야겠다고 생각했다.

그러면서
내가 현장에 근무하는 동안
3권의 책을 쓰기로 다짐했다.

처음에는
나만 간직할 수 있도록
책 한 권만 만들기로 했다.

그런데, 한 간호사 대표님을 만나서
얘기하던 중
그런 사람을
호구라고 한다고 했다.
내가 호구라고 생각해 본 적은 없으나

대표님의
시각에서 호구라면
그래 호구일 수도 있겠다.

나의 경험을 간호사, 사회복지사,
그리고 예비 간호사, 예비 사회복지사에게
도움이 된다면

나만이 가진 책 1권이 아니라
그저 발간 자체에 의미가
있을 수 있겠다고 생각했다.
그래서 시작한다.

내가 이 복지 현장에 근무하는 기간에
나는 책 3권을 내는 것이 목표다.

첫 번째, 사회복지 하는 간호사가 되기까지 8년이 걸렸다.

- 표적: 사회복지사+ 간호사
- 내용: 첫 번째 일터인 대학병원 간호사에서부터~사회복지 기관
의 간호사 →사회복지관 사회복지사 → 사회복지관 간호사+사회복
지사(콜라보 - 브레이커스) 새로운 길의 개척 과정과 8년간
개입했던 따뜻한 사례와 마음 아팠던 사례

두 번째, 9년 차 복지관 간호사가 알려주는
건강 유형별 개입 방법

- 표적: 사회복지 기관과 사회복지사

- 내용:
-간호 복지사가(대학병원 5년 차) 바라보는 시야
-간호 복지사가(사회복지 8년 차) 바라보는 시야
-질병에 대해 이해하고 개입해야 하는 이유
-질병에 대한 이해
-질병에 따른 개입 방향 및 사례
-투 약력 검색 : 약 찾는 방법
-건강 유형별 개입 사례
-위기 개입 사례
-고독사 개입 사례

세 번째, 복지관으로 출근하는 간호사

- 표적: 간호사
- 내용: 복지관 간호사의 업무, 취업 방법, 근무 시간, 복지혜택
등

기관장님께는 점심 식사 후 커피 한 잔을 들고 찾아가
내 생각 잘 전달 드렸고
흔쾌히 책을 쓰는 것을 허락해 주셨다.

일이라는 것에 치여
삶이 흔들리지 않도록
직장의 일을 하되
나 자신을 성장시키고 가치를 올리는 일

일 만하며 살며 나를 잃고, 소중한 것들을 놓치지 말자
일과 함께 성장하는 현명한 사람이 되길

그런 의미에서의 나의 힘겨운 도전이
누구에겐 큰 힘이 되길 바란다.

* 서울시 소재 종합사회복지관을 기준으로 작성한 에피소드이며,
각 시도, 운영 주체 (법인)에 따라 각기 다른 복지와 임금, 채용
방법의 차이가 있을 수 있음을 알려 드립니다.

1장. 첫 번째 일터,
대학병원 내과 간호사가 되다.

① 대학병원의 내과 부서로 발령 나다.

일을 참 못 했지만, 마음은 통했다.

지방의 한 간호학과를 진학해서 대학 생활의 낭만도 없이 치열하게 공부했다. 성적이 곧 대형병원에 취업하는 첫 번째 합격선이기 때문이다.
기본 학점이 4.0은 넘어야 하고, 상위 20%에 들어야 우리가 들어봄 직한 대형병원에 1차 서류 통과를 할 수 있다.

간호대학교를 다니는 동안 아침부터 저녁 6시까지 빡빡한 수업을 들었고, 방학에는 병원 실습을 했다.
그래서 남들이 하는 연애, 그리고 아르바이트, 여행 같은 다양한 경험을 하지 못했다.

졸업할 시점이 다가오면 병원 채용 공고에 맞춰 채용 공고에 따라 서류접수를 하는데, 상위 5대라 불리는 병원에 취업 된 친구들은 학교 내에서 자랑스러운 훈장을 찬 것처럼 부러움의 대상이었다.

간호사 국가고시 준비를 할 때는 기숙사에서 합숙했고, 아침부터 새벽까지 공부했다. 돌이켜보면 참 치열하게 살았다.
기숙사에서 한 달이 넘는 시간 동안 단 한 번의 외출도 하지 않았으니 말이다.

그렇게 숨 돌림 틈 없이 살다 보니 대학교 1학년 때는 상위 30%도 들지 못하던 내가 학년을 올라가면서 성적이 오르기 시작했고, 장학금도 받았다.

간호학과에서는 병원 채용 공고가 올라올 시점이면 담당 교수 면담이 진행되는데, 나는 집 근처에 있는 중소병원에 가고 싶다고 말씀드렸다.
집 근처 병원에 다니면 가족들에게 의료적 도움을 줄 수도 있고, 집과 가까운 곳에 가면 출퇴근 시간도 줄어든다고 말이다.

교수님은 그런 나를 이해하지 못하셨다. 성적이 좋은데, 왜 중소병원에 가려고 하냐는 것이었다.

집에 와서 교수님과의 면담 내용을 부모님과 상의했다.
대형병원을 취업 해야 하는 이유가 이해되지 않았고, 고민이 되었다.

 그때 아빠가 말씀해 주셨다.
"첫 직장 생활을 시작할 때는 너의 능력이 되는 선에서 가장 높은 곳으로 가는 것이 좋아. 그리고 그곳에서 한 계단씩 내려오기는 쉬운데, 낮은 곳에서부터 시작하면 한 계단씩 올라가는 것이 더 힘들어"라고. 아빠의 얘기를 들으니 그것 또한 맞는 말이라는 생각이 들었다.

때마침 한양대학교 병원의 채용 공고가 났다.
다른 병원이 100명~200명을 채용할 때, 한양대병원은 50명을 채용했다.

그리고 대면 면접을 2차까지 보는 유일한 병원이었다. 채용인원이 적다는 건 그만큼 이직률이 적다고 볼 수 있다. 그래서 꽤 좋은 병원이라고 판단했다.

그리고 2차 대면 면접까지 하는 병원이니, 다음에 내가 어느 병원에 가든 면접을 연습해보는 건 좋겠다 싶었다.
그렇게 나는 1차 면접을 보기로 했다.

지방에서 올라온 시골 소녀가 서울에 왔다는 것 자체가 설렜고, 한양대학교 캠퍼스를 둘러보니 너무 멋졌다. 새벽 아침부터 캠퍼스를 청소하고 계시던 청소 아주머니께 길을 물어, 면접 장소에 무사히 도착했다.

면접대기장은 긴장감이 감돌았다. 부모님과 함께 온 분들이 많았고 떨리는 마음에 발을 동동거리고, 큰 숨을 들이켜 내쉬며 긴장을 이완시켜보려는 분들이 눈에 들어왔다.

그렇게 면접대기실에 앉아있다가 5명이 줄을 맞춰 면접장으로 들어갔다.
"어떤 간호사가 되고 싶나요?"라는 질문이 왔고 나는 5번째 면접자라 마지막에 발언권이 왔다.

앞선 면접자들이 "사랑과 봉사를 실천하는 간호사가 되고 싶습니다"라고 말하였다. 나는 사랑과 봉사를 실천하는 간호사가 뭔지 알지 못했다. 그냥 막연한 느낌이었다.

할아버지의 잦은 병원 입원으로, 보호자의 관점에서 간호사를 보니, 주사를 한방에 잘 놓는 간호사, 그리고 업무처리를 신속하게 해주는 간호사, 똑똑해서 물어보는 질문에 명확한 대답을 해주는 간호사가 도움이 된다고 느꼈다.

반면에 마음은 따뜻한데, 주사를 여러 번 찌르는 간호사, 알아보겠다고 이야기했는데 반나절이 지나도록 소식이 없는 간호사, 궁금한 사항을 여쭤보면 우물쭈물하거나 알아보겠다고 하는 간호사는 환자와 보호자 관점에서 도움이 되질 않았다. 그래서 나는 똑똑한 간호사가 되고 싶었다고 말씀드렸다.

그리고 1차 면접에 운 좋게 합격 되었다.
"됐다. 면접 한번 봤으니, 이제 그만해도 된다." 생각했다.
그런데, 부모님께서 그래도 이왕 도전한 거 끝까지 가 보는 게 어떻겠냐고 말씀해 주셔서, 고민 끝에 2차 면접까지 보게 되었다.

2차 면접에서는 좀 더 많은 질문이 오고 갔다.
당시 안락사에 대한 이슈, 그리고 노무현 대통령의 서거에 대한 본인의 생각, 그리고 우리 병원이 선생님을 뽑아야 하는 이유를 물어봤던 거로 기억한다.

우리 병원이 선생님을 뽑아야 하는 이유.
"저의 대학교 성적표를 보시면, 저는 아래에서 위로 천천히 올라가 결국은 가장 꼭대기에 있는 사람입니다. 처음에는 미흡할지라도 노력과 끈기로 반드시 현장에서 적응해냅니다. 저를 뽑아주신다면 저는 처음에는 다른 간호사보다 미흡할지라도 꼭 잘해 낼 것이라고 믿습니다."라고 말씀드렸다.

그렇다. 나는 고등학교 때도, 대학교 때도, 그리고 대학병원에 다니며 차의과대학교 RN-BSN을 할 때도 처음 시작이 늘 좋지 못했다. 그런데 마지막엔 목적지만큼 올라가 있었다.
노력과 끈기 그것이 나의 강점이었다.

그렇게 나는 한양대학교 병원에 취업하였다.
병원에 취업해서 한 달여 간의 신입 간호사 교육을 받았고 교육의
마지막 날, 희망 부서를 적어 제출하는 시간이 왔다.

나는 망설임 없이 내과 부서를 적어내었다.
응급실, 중환자실, 수술실이 인기부서였는데,
나는 사람과 대화하며 라포를 형성하는 것이 좋았다. 응급실, 중환
자실, 수술실에서는 사람과 대화를 나누기 쉽지 않다.
그래서 내과 부서를 적었다.

그런데 아이러니하게 내과는 기피 부서 중 하나였다.
내가 지원한 내과 병동은 류마티스내과, 혈액종양내과, 내분비내
과, 소화기내과를 주로 하는 병동이었고 신장내과, 순환기 내과,
호흡기내과 환자도 받는 곳이었다.

그래서 다른 부서보다는 업무 강도가 센 곳이었다.
나의 동기는 총 10명이었다. 내과 부서에서 10명이 퇴사를 한 모
양이다.

역시나 처음 병동에 배치되었을 때, 나는 일을 잘하지 못했다. 주
사를 잘 놓지 못해 병실 전체에서 나를 거부하는 소동이 벌어지기
도 했고, 일의 우선순위를 알지 못한다고 많이 혼났다.

심정지와 같은 상황에서는 신속 정확하게 움직여야 했지만 놀란
마음을 진정하지 못했고 적절히 조치하지 못해 또 혼이 났다.

회사에 꼭 그런 사람이 있지 않은가. '어떤 일로 혼이 나는 사람을 보며, 아 저렇게 하면 혼나는구나, 나는 저렇게 하지 말아야지' 하는 상황

나는 매일 혼나는 사람이었고 동기들은 그런 나를 보고 " 아 저렇게 하면 안 되는구나"를 배웠다. 나는 그런 나를 자책했다. 다른 동기들은 눈치 있게 잘하는데, 나는 왜 항상 경험을 통해서만 알게 되고, 혼나야만 알게 되는가 하고 말이다.

그런데 놀라운 사실 하나는 내가 동기 중에 최후의 3인에 남았다는 것이다.
"일은 못 하는데, 그래도 사람이 약아 빠지진 않았어, 그래도 거짓말을 하는 사람은 아니야."라고 중간 연차 선생님들이 나를 평가해 주셨다.

간호사의 업무 중에는 내가 반드시 해야 할 일이 있고, 공통으로 해야 할 일이 있는데 예를 들면 약물이 올라오면, 정리하는 해야 하는 일과 같은 것이다.

나는 내 일을 보다 누군가는 꼭 해야 하는 공통의 일을 먼저 했다. 내가 하지 않으면 다른 누군가가 이 일을 할 테고, 그럼 힘들 테니까 말이다. 그럴 때면 나를 아껴주시던 시니어 선생님께서 "정은아, 이거는 내가 할 테니까 너 일해도 된다." 웃으며 말해주셨다.

병원에 다니면서 참 많은 것을 배웠다.
병원은 사건 사고의 연속이다.

그리고 늘 책임소재가 따라붙는다.
그래서 일하는 사람 간의 신뢰가 가장 중요하다.

사회생활 초년생으로 문제 상황이 발생했을 때, 나는 "진실은 언젠
간 밝혀지겠지" 하며 입을 닫았다. 그것이 때로는 도움이 되는 상
황도 있었다.

동기가 잘못한 것을 대신 혼났는데 변명하지 않았고 나중에 진실
이 밝혀지는 것, 그게 나의 동기를 보호하는 일이라고 생각했다.
그런데 문제 상황이 발생했을 때 "언젠간 진실이 밝혀지겠지"라고
생각한 건 참 어리석은 생각이었다.

어느 날 병동에 큰 문제 상황이 발생했고 나는 돌아가는 상황을
멍하니 바라볼 뿐 적극적으로 나의 입장을 이야기하지 못했다.
그랬더니 순식간에 나는 사건의 문제를 일으킨 사람이 되어 있었
다.

다들 자기 입장을 적극적으로 피력하는데, 그냥 멍하니 있다 보니,
모든 화살의 방향이 나로 향했고, 나는 그런 사람이 되어 있었다.

나는 어떻게 대처해야 할지를 몰라 그냥 울어버렸다.
울어버리니, 나는 진짜 그 사건의 주범이 되었다.
억울해서 울었다.
그러면 내가 그런 것이 아니라고, 내 입장을 잘 전달하면 될 것을
병동 스테이션에서 엉엉 울고만 있었다.

그런 나를 시니어 선생님들이 조용히 탈의실로 데리고 들어가셨다.
그리고 나를 의자에 앉히고 시원한 물 한 잔을 주셨다. 적어도

20년 이상 간호사를 하신 베테랑 선생님들. 내가 아주 존경하는 시니어 선생님들이셨다.

아직도 시니어 선생님이 말씀해 주신 말이 기억난다. "정은아, 사건이 발생하면 진실은 언젠간 밝혀지겠지 하고, 네가 너의 입장을 적극적으로 이야기하지 않으면 이렇게 되는 거야, 울지 말고 이성적으로 판단해, 그리고 이제 여기서 나가면 침착하게 너의 입장을 이야기하는 거야 알겠지?"

그렇구나! 사회는 이런 곳이구나. 눈물이 차올라 목까지 아파 왔지만, 울음을 꾹 참고 나는 그제야 내 입장을 이야기하기 시작했다. 다행히 병원 생활 중 나의 태도가 병원 사람들에게 신뢰를 주었는지 나의 말을 있는 그대로 믿어주고 옆을 지켜주었다.

나는 일을 잘하지 못하는 그런 간호사였다.
똑똑한 간호사가 되겠다고 면접 때 포부를 밝혔지만 똑똑한 간호사이지도 못했다, 그저 솔직하고 신뢰를 주는 그런 간호사였다. 일 처리는 미숙했지만 연차가 쌓이면 같은 일의 반복이라 그런대로 일했다.

내가 생각하기에도 나는 미숙한 간호사였지만 환자들이 바라보는 나는 참 따뜻한 사람이었나보다.
그래서 환자들이 입원 중 또는 퇴원하며 고객의 소리 함에 넣는 칭찬 글이 많아져 병원 전체 친절간호사 MVP에 당선되기도 했다.

정말 친절하고 잘 대우받고 갑니다.

너무 한 직원에게 많은 업무량 주는 것 같은 느낌을 받았습니다.

서로의 기술과 노하우는 틀리겠지만 내가 위고 아래고 라는 선입견은 버리고 환자를 위했으면 합니다.

나는 못 해 넌 이거 할 줄 알지 라는 식의 기술이전은 이제 벗어나야죠.

그러기에 김정은 씨 같은 분은 정말 대단해 보였어요.

저도 서비스업에 종사하지만, 더욱더 잘 보였지요.

　000 님이 건의함에 올린 글입니다.

환자를 배려하는 아름다운 천사 바쁘고 힘든 업무에도 변함없는 웃는 모습에 환자의 아픔을 어루만져주는 아름다운 간호사(한양의 나이팅게일 정신 보유자)임.

반드시 칭찬이 필요합니다.

000 님이 건의함에 올린 글입니다.

말소리도 통통 몸놀림도…….

입에는 미소를 달고 있어요. 나는 이번에 천사들을 보았어요. 간호사들이 항상 옆에 있었으니까….

　먼저 귀원의 무궁한 발전과 투병 중인 환우들이 건강하게 퇴원하길 기원합니다.

000 님이 건의함에 올린 글입니다.

어머님 생전에 도움을 준 고마운 분들이 있어 아들인 제가 감사의 글을 올립니다.

시골에서 평생을 농사만 짓던 어머님은 당뇨가 심하여 대·소변을 못 보던 중에 귀원에 입원하게 됐습니다.

집에선 식사도 제대로 못 하시던 분이 신장 투석 몇 번과 물리적인 의학의 힘을 빌려 식사도 잘하시고 화장실도 가실 정도로 많이 나아지셨습니다. 추석을 앞두고 복도를 왔다 갔다 운동하시며 퇴원하기를 손꼽아 기다리셨습니다.

그날 아침도 여느 때와 다름없이 식사를 다 하시고 복도로 나섰습니다.

서관 창문에까지 갔다가 다시 돌아오시는 모습을 아들은 핸드폰에 담으려고 셔터를 눌렀습니다. 바로 그때 복도의 보조 보행기를 붙드시고 가녀린 어머님이 쓰러지셨습니다.

단 몇 초만 의식이 있었다면 "어머니 사랑해요. 어머니 아들로 태어나서 얼마나 행복했는지 몰라요". 라고 고백했을 텐데, 장례를 치르고 유품을 정리하다 약국을 차려도 될 만큼의 약봉지를 보고 한없이 울었고 밭의 하우스에 가서 주인을 잃은 장화와 흙 묻은 옷가지를 부둥켜안고 그리움에 미안함에 한없이 울었습니다.

3주의 짧은 투병 생활이었지만 어머님과 아들은 세상에서 가장 아름다운 이별 여행으로 기억될 겁니다.

더러운 병실에 무릎을 꿇고 환우들의 오물을 치우던 키 큰 김정은 간호사님 감사합니다.

이름은 모르지만 늘 어머님 당을 체크 했고 임종 전에 심폐소생술을 하며 땀을 많이 흘리셨던 통통한 의사 선생님 너무 감사드립니다.

어머님을 잃고 나서야 거리에서 나이 드신 어르신들이 너무도 위대하고 소중하게 느껴집니다. 그럼 모두 건강하시고 행복하세요.

000 님이 고객의 소리에 올린 글입니다.

5년 차 간호사로서의 나의 병원 생활을 정리해 보자면 일을 참 못했지만, 누군가에겐 진심이 전해져 따뜻한 기억을 가지고 퇴원하게 하는 그런 간호사였다고 정의하고 싶다.

② 세 번의 실신과 할아버지의 치매/이직을 결심하다.

1) '나와 맞지 않았던 대학병원, 3번 실신하다.'

처음부터 병원은 내가 지역사회로 나오기 위한 과정일 뿐 오래 근무할 생각이 없었다. 나의 목표는 3년의 임상 경력이었다. 3년을 버티면 과감히 퇴사하겠다는 결심을 했다. 그런데 그 3년이 나에게는 지옥 같은 시간이었다. 왜냐하면, 병원에 다니는 동안 나는 총 3번의 실신을 했기 때문이다.

첫 번째 실신은 병원 근무 1년 차, 아침 근무(데이)가 시작되기 전 다과 모임을 위해 잠시 모였을 때였다. 커피 한 모금을 마셨을 때 갑자기 어지러웠고, 식은땀을 흘리며 앉은자리에서 그대로 고꾸라졌다. 병동에 있던 주치의와 시니어 선생님들은 나에게 바로 18G 주사를 놓고 적절한 투약 조치를 한 뒤, 이동 침대에 누워 응급실로 옮겨 주었다.

응급실에서 눈을 뜨자, 수간호사가 보였다.
괜찮은지 물어보는 말에 정신이 번쩍 들었다. 내가 쓰러져 있는 사이 누군가 내 일을 대신하고 있을 것이었다. 나는 민폐를 끼치고 싶지 않았다. 심전도와 Brain MRI를 찍고 다시 병동으로 올라갔다.

그 당시, 나는 근무를 하지 않으면 큰일 나는 줄만 알았다. 죽더라도 병원에서 죽어야 한다고 생각했었다. 그렇게 실신 후 아침 근무

(데이)를 마치고 오후 3시 반에 퇴근했다. 나는 기숙사에 도착하자마자 기운이 없어 불을 끄고 침대에 누웠다. 그때 갑자기 눈물이 왈칵 쏟아졌다. 직장에서 나약한 모습을 보이고 싶지 않아 항상 괜찮아하는 모습만 보였지만 사실 나는 굉장히 나약하다. 기숙사에서 혼자만의 시간을 가지면서 오늘의 사건에 대해 생각해 봤다.

"뭐 때문에 이렇게까지 하지?"
나는 평소 친구들 사이에서 건강하기로 유명했기 때문에 첫 번째 실신은 나에게 중요한 일이었다.
그런데 나는 이대로 병원을 퇴사하고 싶진 않았다. 아직 하고 싶은 것이 많았고 3년의 경력도 쌓지 못했다. 그래서 그날 밤, 또 다른 목표를 하나 정했다.
"내가 이곳에서 3번까지 쓰러진다면, 그때는 과감하게 퇴사하겠다."라는 목표였다. 3번 쓰러진다면 나에게는 무리인 업무라는 뜻이니 그땐 그만두겠노라." 생각했다. 여기서 퇴사하면 인생의 패배자가 될 것 같아서 오기로 버텼다.

생각하면 굉장히 미련한 짓이다. 이후 나는 두 번 더 실신했다.
두 번째 실신은 점심~밤 근무(이브닝) 출근 후 저녁 먹으러 식당에 내려갔을 때였다. 간호사는 밥을 마신다고 표현할 정도로 빠른 속도로 먹는 것이 중요하다. 나의 일을 다른 선생님께 부탁하고 식사하는 상황이라 마음 편하게 밥을 먹을 수 없다.

그날도 밥을 먹으며 '병동 올라가면 수혈하고, 퇴원 처리도 하고….'라는 생각하고 있었는데, 갑자기 눈앞이 캄캄해졌다. 의식이 없어지는 순간에도 맞은편 식사하던 선생님께 "선생님…. 저 너무 어지러워요….."라고 말하고 실신했다.

함께 식사하던 선생님이 이동 침대를 가져와 나를 눕히고 응급실로 달렸다. 다행히 응급실에 도착하니 의식이 돌아왔다. 그때 나는 처음 실신했을 때와 같은 생각이 들었다. 다시 올라가서 일해야 한다고 말이다. 응급실에서 심전도와 혈액 검사만 하고 다시 병동에 올라와 밤 11시까지 점심~밤 근무(이브닝)했다. 조금 어지럽긴 했지만, 나에겐 업무를 무사히 마치는 게 더 중요했다.

주치의가 심장 내과 진료와 각종 검사를 해야 한다고 해서 쉬는 날 혼자 입원해서 검사받고 퇴원했다. 부모님께 말씀드리면 걱정할 것 같아 말하지 않았다. 대신 같은 병원에 다니던 나의 오래된 친구에게 이 사실을 이야기했다. 계속해서 실신하는 것이 뭔가 이상하다 싶었지만 애써 외면해왔다.

친구는 나의 이야기를 차분히 듣다가 갑자기 고개를 숙이고 울기 시작했다.
"네가 그렇게 큰 식당에서 사람들도 엄청 많았을 텐데, 차가운 바닥에 혼자 쓰러져 누워 있다고 생각하니까 너무 마음이 아파."

첫 번째 실신에 이어, 허탈감이 들었다. 나는 좀 쉬어야 할 때가 온 것 같다고 생각했지만, 당시 목표했던 경력 3년을 채우지 못했기에, 조금 더 힘을 내보기로 했다. 그러다 결국 퇴사를 결심하게 된, 세 번째 실신을 맞이했다.

쉬는 날, 친구들과 약속이 있었다. 버스 정류장에서 버스를 기다리던 중 '쿵' 하고 쓰러졌다. 버스 정류장에 많은 사람이 모여 있는 그 가운데서 말이다. 병원 밖에서 쓰러진 적이 없었는데, 일상생활을 하던 중 쓰러진 것은 꽤 큰 충격이었다. 그날 밤, 드디어 마음의 결심을 내렸다. 내가 마음속으로 퇴사를 결정했던 기준, 세 번의 실신, 카운트가 끝이 났다.

"이 정도면 할 만큼 했다."라는 생각이 들었다. 할 만큼 했으니 이곳을 퇴사해도 후회가 남지 않을 것 같았다. 하루하루 버티는 삶이 아닌, 내가 좋아하고 하고 싶은 일이었던 지역사회 간호사에 도전하기로 했다.

퇴사 무렵 나의 상황을 점검했다. 계획했던 3년보다 1년을 더 채운 나는 1억 원 정도의 돈을 모아 전셋집을 구할 수 있었고, 차의과대학교 RN-BSN도 졸업한 상태였다.

지역사회로 나가기 위한 모든 준비가 되었다고 생각한 나는 수간호사 선생님에게 면담을 요청했다. 그리고 힘들어서 그만두는 게 아니라는 것을 확실히 말씀드렸다. 내가 계획하고 있는 일을 A4용지에 잘 정리해서 보여드렸다.

나의 목표는 이러하고, 이 목표를 달성하기 위해 치매 전문 교육도 들어야 하고, 배워야 할 것이 많은데 병원에 다니면서 이 모든 것을 할 수 없으므로 그만두겠다고 이야기했다.

수간호사는 내가 근무하는 동안 매주 수요일과 목요일, 차의과대학교 RN-BSN 과정을 잘 다닐 수 있도록 2년간 근무를 잘 조정해주셨다. 그리고 복지관 간호사 진로와 관련한 고민에 대해 많은 도움을 주셨다. 지금 돌이켜 생각해 보면 참 감사하다.

최종적으로 간호국장님과의 면담 때, 국장님이 하셨던 말이 기억에 남는다. "네가 그 간호사구나. 내가 기숙사 라운딩할 때, 네가 옷장에 붙여놓은 계획표를 보고 신입 간호사 교육할 때

너의 이야기를 했단다. "힘들어서 그만둔다고만 생각하지 말고, 이 간호사처럼 계획을 세워서 나가라."

그리고 나에게는 "너는 뭘 해도 잘할 것이다, 혹시 지역사회로 나가서 도움이 필요하거나 잘 되면 꼭 연락을 줘라."라고 말씀하셨다. 그렇게 나는 대학병원 5년 차, 대학병원을 그만두고 지역사회 간호사에 도전하게 되었다.

2) '할아버지의 치매 - 대학병원 간호사가 지역사회에서 할 수 있는 건 없다.'

내가 지역사회 간호사를 결심하게 된 다른 이유는 우리 할아버지 때문이다. 우리 할아버지는 할머니가 불의의 교통사고로 돌아가신 뒤, 내가 초등학교 5학년 때부터 함께 살게 되었다. 할아버지는 할머니에 대한 슬픔을 이겨내지 못하시고 날마다 술을 드셨다. 나는 그런 할아버지가 참 미웠다.

대학병원에 취업 후 나는 한동안 병원 생활에 적응하느라 바쁜 나날을 보냈다. 그러던 어느 날 엄마에게 전화 한 통이 왔다. 할아버지가 건강이 나빠져 입원하게 됐는데, 그곳에서 알코올성 치매를 진단받았다는 것이다.

할아버지가 퇴원 후 집에 오셨을 때 할아버지의 보살핌은 엄마의 몫이었다. 나는 간호사로서 엄마에게 도움을 주고 싶었지만, 병원에서 의사의 오더에 의한 처치만 능숙할 뿐, 의사의 오더 없이 지역사회에서는 어떻게 엄마를 도울 수 있는지 방법을 알지 못했다. 내가 할 수 있는 것이라고는 인터넷에 검색해보는 게 전부였다.

나는 인터넷 검색을 통해 보건소에서 약제비를 지원받는 것부터, 장기요양등급 신청 등을 도왔다. 이 과정에서 정보가 부족해서 꽤 어려움을 겪었다. 쉽게 해결할 수 있는 일이었는데도 많은 시간이 걸렸다. 인터넷을 통해 찾은 다양한 정책과 서비스로 엄마의 부양 부담은 줄게 되었다.
분명 우리나라에도 많은 복지 제도가 있을 텐데, 서비스를 몰라서 도움을 받지 못하는 사람이 많을 것 같다고 생각했다. 나는 사람들에게 이런 실질적인 도움을 주고 싶었다.

할아버지의 치매는 우리 가족에게 아픔으로 남아있지만, 내가 지역사회 간호사로 근무하면서 많은 도움이 되고 있다. 지역에 거주하는 치매 어르신을 보면서 어떻게 치매 어르신과 의사소통해야 하는지, 왜 화를 내시는지에 대해 이해할 수 있었다. 그리고 무엇보다 할아버지를 모시며 힘들어했던 엄마를 보았기 때문에, 지역사회에서 치매 어르신을 모시는 부양가족의 힘듦을 충분히 이해 할 수 있었다.

2장. 이직 준비,
대학병원에서 복지관으로
이직을 준비하다.

① 복지관 간호사에 대한 정보가 없다.

23세	한양대병원 입사 1년 차
24세	한양대병원 입사 2년 차
25세	한양대병원 입사 3년 차
26세	병원 사직 RN-BSN 시작 지역사회기관으로 이직하기
27세	RN-BSN 2년째
28세	RN BSN 졸업. 노인전문간호사 석사과정 입학 1학년
29세	노인전문간호사 석사과정 2학년
30세	요건: 한양대병원 임상 경력 3년 RN-BSN 졸업 노인전문간호사 석사 지역사회 복지기관 (노인복지관, 종합사회복지관)

병원에 입사해서 처음 든 생각은 허무하다는 생각이었다.

대학병원 취업을 위해 정말 뒤도 돌아보지 않고 달려왔다. 성적을 높게 받기 위해서, 치열하게 대학 생활을 보냈다. 그래서 나름 알아주는 대학병원에 취업했는데, 허무함이 몰려왔다.

"이제 뭘 해야 하지? 나는 왜 병원으로 왔지?" 하는 생각이 들었다.

대학에서 교수님들께 병원 중심의 교육을 들었고 또 병원 중심의 실습을 했다.

그래서 간호사는 대학을 졸업하면 모두 다 병원으로 가야만 하는 줄 알았다.

병원 밖, 임상 외 간호사들은 어떤 일을 하는지, 취업하려면 어떻게 해야 하는지 알 길이 없었다.

막연한 내 생각을 조금 정리해 보기로 했다.

'나는 간호사로서 어떤 방향을 그리며 살아갈 것인가.'

나의 연령대별로 정리해 보기로 했다.

위에서부터 차곡차곡 정리해서 내려오다 보니

간호 학생일 때부터 목표였던 지역사회간호사가 다시 등장했다.

지역사회로 꼭 나오고 싶었다.

그러려면 임상 경력이 필요했고, 노인분야에 전문가가 되고 싶었다. 그래서 노인전문간호사과정(석사)을 해야겠다고 생각했다.

노인전문간호사과정을 위해서는 임상 경력 3년은 필수였다. 전문대를 졸업한 내가 석사과정을 진학하기 위해서는 전문학사에서 학사를 따는 과정이 필요했다.

학점은행제와 독학사 등 여러 방법이 있었지만, 나는 병원 일을 하면서 이론에 많이 약해져 있다는 생각이 들었고, 이론에 근거한 간호 하고 싶었기 때문에 2년간의 RN-BSN을 3교대 근무와 병행하기로 했다.

임상 경력과 학사취득, 그리고 지역사회로 나오기 위한 준비가 되면 퇴사하자는 계획을 짰다.

그런데, 지역사회 복지관으로 나오기 위한 정보를 어느 곳에서도 얻지 못했다.
 내 주변엔, 병원에 다니는 선생님들 외에 임상 외 간호사의 인맥이 전혀 없었다. 급한 대로 네이버에 복지관 간호사라는 검색하기 시작했다.

대부분 정보는 채용 공고가 몇 개 있었고, 복지관 간호사로 단기간 근무하신 선생님들의 " 복지관 근무는 최악이에요."라는 글이 있었고 왜 최악인지, 어떤 점이 근로하기에 좋지 않았는지, 의미 있는 정보를 얻지 못했다.

고군분투했다. 채용 공고에 적힌 급여는 '서울시 사회복지사협회-사회복지시설 종사자 처우 개선 및 운영 계획'에 의거함. 이라는 것의 파일을 어디서 찾아야 하는지도 몰랐다.

적어도 내가 어느 정도의 월급을 받는지, 나의 임상 경력은 어느 정도 인정이 되는지 알고 입사를 해야 할 것 아닌가. 답답한 마음이 들었다.

그렇게 인터넷에 정확하지 않은 내용만을 접한 채 나는 복지관에 채용서류접수를 하였고 그곳에서 나의 월급이 대략 200만 원일 것이라는 얘기를 들었다.

그렇게 나는 월급, 복지, 근무내용을 수박 겉핥기식으로 알고 복지관 간호사가 되었다.

아마도 복지관 간호사를 하고 싶으신 간호사 선생님들이라면 나와 같은 과정을 반복할 그것으로 생각한다.

나의 글이 복지관 취업에 어려움을 겪는 선생님들께 꼭 도움이 되길 희망한다.

② 채용되는 간호사는 단 한 명 / 면접 팁

1) 해당 복지관의 주요 사업 등을 숙지한다.

면접 시 물어보는 질문으로 해당 복지관의 주요 사업이 무엇인지 물어볼 수 있다. 면접 심사로 들어오는 심사위원은 사회복지사이므로, 사회복지사가 궁금할 만한 내용으로 준비해야 한다. 복지관마다 색깔이 다르고 특화 사업이 있다. 홈페이지에 있는 특화 사업의 내용을 숙지해가면 도움이 된다.

2) 미션 비전에 본인의 어떤 점이 적합한지 정리해 본다.

병원에서 근무하다 보면 인증제를 대비한 미션 비전을 외우는 것을 경험해본 적이 있을 것이다. 나 또한 인증제 구성원으로 미션 비전을 달달 외웠었다.
복지관에서는 미션 비전이 얼마나 내재되어 있는가, 미션 비전과 본인은 어떤 상관관계가 있는지, 혹은 어떻게 미션 비전에 맞춰 자기 계발을 할 것인지가 중요하다.

3) 복지관 주요 사업과 자신이 어떤 사회복지사와 어떤 협업을 이루어 낼지 구상해 본다.

우선 복지관은 사회복지사들이 중심인 곳이다. 따라서 간호사는 주요 인력은 아니다. 각자의 분야에서 전문가이기 때문에 누가 위고 아래와 같은 개념은 없지만, 나의 상사는 사회복지사이다. 그렇기에 복지관에서 간호사는 협업하는 것이 중요하다.

4) 서류부터 튀어야 한다.

간호사의 자리는 1개이기 때문에 서류 통과부터 어려울 수 있다. 보통 한 명을 채용할 때 입사 서류가 15개 정도가 들어오기 때문에 자기소개서부터 튀어야 한다.

팁을 알려주자면, 나는 채용 서류접수 시 포트폴리오를 작성해서 첨부하였다.

③ 복지관 간호사가 되기 위해 준비해야 할 것

1) 컴퓨터활용능력

임상 근무와는 달리 복지관에서는 문서 작업이 많고 문서로 본인의 1년간의 성과를 보여줘야 한다. 따라서 한글, 파워포인트, 엑셀 등은 기본이다.

차의과대학교 RN-BSN 수업에서 지역사회에 근무하시는 정신건강복지센터 간호사 교수님을 알게 되어 메일을 주고받으며 궁금한 부분을 물어볼 수 있었다. 그리고 같은 병동 선생님의 지인이 치매지원센터에서 근무하셔서 치매 지원센터의 근무내용도 들을 수 있었다.

교수님과 치매 지원센터 간호사 선생님이 공통으로 이야기하는 것은 문서 작업 능력이었다. 간호사들은 문서나 PPT 작업이 힘들어서 업무량과 성과를 표현하는 것이 어렵다고 했다. 그래서 기본적인 문서 작업 능력은 꼭 길러 놓으라는 조언을 받았다.

그래서 나는 퇴사 후 컴퓨터 학원에 등록해서, 실제 실무에 도움이 될 만한 ITQ(정보기술 자격) 수업을 들었다.

그리고 대부분의 복지관에서 간호사의 자리는 한 개다. 현재 근무하고 있는 간호사가 퇴사하여야 나에게 기회가 온다는 뜻이다. 그래서 나는 집 주변 20여 개의 복지관 홈페이지에 들어가서 간호사 채용 공고가 언제 났는지 분석해서 기록해 두었다.

그리고 채용 공고가 날 만한 기관의 홈페이지에 수시로 들어가서 채용 공고를 확인했다. 이곳에 입사해서 안 사실이지만, 복지관 간호사 채용 공고는 너스케입 (간호사, 간호 학생 커뮤니티)보다 복지관 홈페이지나, 사회복지 관련 사이트에 올린다는 사실을 알게 됐다. 복지관에 꼭 입사하고 싶다면, 사회복지관 협회나, 복지관 홈페이지에 수시 확인하길 바란다.

2) 노인에 대한 가치관 정립

내가 일하는 곳은 종합사회복지관으로 전 세대를 만나지만 노인의 비율이 가장 높다. 그래서 노인에 대한 만남이 어렵다는 생각이 든다면 이 분야는 피하는 것이 좋다.

3) 사회복지 자격증

사회복지관이다 보니, 간호사의 역할만 요구하지 않는다. 임상에서는 간호사의 일, 간호조무사의 일, 인턴의 일, 주치의의 일 등이 명확히 나뉘지만, 이곳에서는 업무 범위가 명확하지 않다. 따라서 복지관의 리더는 사회 복지적 마인드를 가진 간호사를 선호한다.

4) 입사 방법 숙지

서울시 사회복지관 협회에 등록된 종합사회복지관은 99개이다. 종합사회복지관의 경우 간호사 채용이 의무가 아니므로 기관의 재량에 따라 간호사를 채용한다. 따라서 본인이 근무하고 싶은 기관에 간호사가 배치되어 있는가를 확인해 봐야 한다.

서울시 노인복지관의 경우는 간호사가 필수 인력이다. 서울시노인종합복지관협회 기준 서울에 46개의 노인복지관이 있다. 각 기관에 간호사는 1명 정도이므로 46개의 일자리가 있다고 보면 된다. (2022.11월 기준)

따라서 복지관 간호사로 입사하고 싶다면 사회복지사들이 사용하는 복지 넷과 해당 기관 홈페이지의 채용 공고를 참고해야 한다.

3장. 두 번째 일터,
사회복지관 간호사가 되다.

① 복지서비스 팀으로 배치되다.

사회복지관 정의

지역사회를 지반으로 일정한 시설과 전문인력을 갖추고 지역주민의 참여와 협력을 통하여 지역사회복지 문제를 예방하고 해결하기 위하여 종합적인 복지서비스를 제공하는 시설을 말한다. 여기서 지역사회복지란 주민의 복지증진과 삶의 질 향상을 위하여 지역사회 차원에서 전개하는 사회복지를 말한다.

사회복지관의 목표

사회복지관은 사회복지서비스 욕구가 있는 모든 지역사회 주민을 대상으로 보호 서비스, 재가복지서비스, 자립 능력배양을 위한 교육훈련 등 그들이 필요로 하는 복지서비스를 제공하고, 가족 기능 강화 및 주민 상호 간 연대감 조성을 통한 각종 지역 사회문제를 예방, 치료하는 종합적인 복지서비스 전달 기구로서 지역사회 주민의 복지 복지증진을 위한 중심적 임무를 수행해야 한다.

복지서비스팀 정의

클라이언트에게 직접적인 전문서비스가 제공되는 영역(가족 기능 강화/지역사회 보호/교육문화/자활 지원 등기다)

1. 가족 기능 강화

- **가족관계 증진사업**: 가족원 간의 의사소통을 원활히 하고 각 자의 임무를 수행함으로써 이상적인 가족관계를 유지함과 동시에 가족의 능력을 개발. 강화하는 사업
- **가족 기능 보완사업**: 사회구조 변화로 부족한 가족 기능, 특 히 부모의 역할을 보완하기 위하여 주로 아동·청소년을 대상 으로 하는 사업
- **가정 문제해결·치료사업**: 문제가 발생한 가족에 대한 진단. 치료. 사회복귀 지원사업
- **부양가족 지원사업**: 보호 대상 가족을 돌보는 가족원의 부양 부담을 줄여주고 관련 정보를 공유하는 등 부양가족 대상 지원사업
- 다문화가정, 북한 이탈 주민 등 지역 내 이용자 특성을 반영 한 사업

2. 지역사회 보호

- **급식 서비스**: 지역사회에 거주하는 요보호 노인이나 결식아 동 등을 위한 식사 제공 서비스
- **보건의료서비스**: 노인, 장애인, 저소득층 등 재가 복지사업 대상자들을 위한 보건. 의료 관련 서비스
- **경제적 지원**: 경제적으로 어려운 지역사회 주민들을 대상으 로 생활에 필요한 현금 및 물품 등을 지원하는 사업
- **정서 서비스** : 지역사회 거주하는 홀몸노인이나 소년·소녀 가장 등 부양가족이 없는 요보호 대상자들을 위한 비물질적 인 지원 서비스
- **일시 보호 서비스**: 독립적인 생활이 불가능한 노인이나 장애 인 또는 일시적인 보호가 필요한 실직자. 노숙자 등을 위한

보호 서비스
- **재가 복지 봉사 서비스**: 가정에서 보호를 필요로 하는 장애인, 노인, 소년·소녀 가정, 한부모 가족 등 가족 기능이 취약한 저소득 소외계층과 국가 유공자, 지역사회 내에서 재가 복지 봉사 서비스를 원하는 사람에게 다양한 서비스 제공

3. 교육문화
- 아동. 청소년 사회교육: 주거환경이 열악하여 가정에서 학습하기 곤란하거나 경제적 이유 등으로 학원 등 다른 기관의 활용이 어려운 아동. 청소년에게 필요한 경우 학습 내용 등에 대해 지도하거나 각종 기능 교육
- **성인 기능 교실**: 기능습득을 목적으로 하는 성인 사회교육사업
- **노인 여가·문화**: 노인을 대상으로 제공되는 각종 사회교육 및 취미 교실 운영 사업
- **문화복지사업** : 일반 주민을 위한 여가. 오락프로그램, 문화소외집단을 위한 문화프로그램, 그밖에 각종 지역 문화행사 사업

출처 : https://www.saswc.org/ 서울시 사회복지관 협회

1) 건강교육

주제는 고혈압, 당뇨, 치매, 응급처치 등으로 광범위하다. 교육의 대상자는 봉사자, 직원, 아동 등으로 다양하다.

2) 건강측정 결과에 따른 보건소와 병원 연계

2019년 보건복지부에서 발간된 비의료 건강관리 서비스 지침 및 사례집에 따라, 비의료 기관에서 간호사를 채용하더라도 의료 행위를 할 수 없다. 의사의 오더 없이 혈압 및 혈당 측정도 불가하다. 따라서 복지관 간호사는 대상자가 직접 측정하도록 도와주고 보건소 등으로 연계하는 일을 한다.

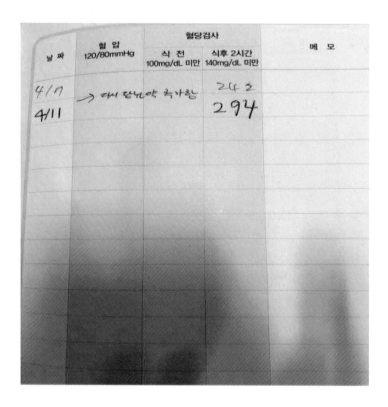

날 짜	혈 압 120/80mmHg	혈당검사		메 모
		식 전 100mg/dL 미만	식후 2시간 140mg/dL 미만	
4/7	→ 다시 당뇨약 추가함		242	
4/11			294	

2~3개월 혈당 측정을 꾸준히 관찰하였고 약을 중지한 날로부터 계
속해서 혈당이 상승함을 의사 선생님께서 확인함.
이에 따라 중단하였던 약을 다시 추가하였음.

날짜	혈압 120/80mmHg	혈당검사 식 전 100mg/dL 미만	식후 2시간 140mg/dL 미만	메 모
12/29			180	
1/5			120	
1/15			154	
1/22		당뇨전생으로 보고	106	
2/22		당뇨약 반다 뺌	223	
2/23			258	
2/25			274	
3/3			179	
3/7			184	
3/11			138	
3/12			164	
3/17			176	
3/21			147	
3/30			315	
4/5			238	

혈액 검사 결과 당뇨를 보는 수치인 당화혈색소가 정상범위로 측
정되었고 의사 선생님께서 위 사안을 건강관리 수첩에 적어 간
호사와 위 사실을 공유함.

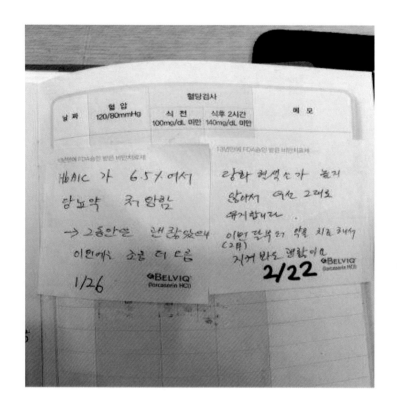

의사 선생님은 대상자에 대한 건강정보를 메모지에 적어 복지관
간호사와 공유함으로써 어르신의 통합적 질병 관리가 가능해짐.

2016년 복지서비스팀 간호사로 근무할 때, 건강관리실에 방문하는 어르신들은 대부분 당뇨와 고혈압의 만성 질환을 앓고 있었다. 복지관에서 일하게 된 지 3년 차가 되자, 복지관에서 측정하는 혈당과 혈압 체크가 주민들에게 직접적인 도움이 되면 좋겠다고 생각했다.

대부분 어르신은 혈당 체크의 경우 공복 또는 식후 2시간을 지키지 않고 아무 시간 때에 측정하였고, 그 결과에 따라 건강에 대해 상심하기도 하고 걱정하시기도 했다.

그래서 혈당 체크는 공복 또는 식후 2시간을 지켜야 한다는 규칙을 정하고 이것을 적용되기까지 1년이 걸렸다. 대부분 건강관리실을 방문하는 어르신들은 건강관리에 대한 관심이 많으셨다.

가만히 생각해 보니, 대부분 80세 이상의 고령의 어르신들이었고 먼 거리에 있는 병원에 다니기 어려워 복지관 앞에 있는 내과에 다닌다는 사실을 알게 되었다.

그래서 매일 어르신들이 혈압과 혈당을 측정하는 행위가 의미 있는 결과가 되길 바랐다. 그래서 건강수첩을 만들고 혈압과 혈당을 병원에서 측정하든, 복지관에서 측정하든, 어디든 측정하면 기록할 수 있도록 교육하였고 그 결과를 병원에 가져갈 때마다 기록한 수첩을 가지고 가도록 안내했다.

그리고 1년의 세월이 흐르고 연말에 평가한 결과 놀라운 결과가 나왔다.
2016년까지만 해도 IOT나 빅데이터가 활성화되지 않았다. 그래서 수기로 건강수첩을 작성하였는데, 복지관 앞에 있는 내과 의사 선생님이 적극적으로 협조해주시면서 어르신들의 건강관리를 도울 수 있었다. 병원에서 측정한 혈압과 혈당수치도 수첩에 적어주시기도 하고, 약이 줄고 약이 추가되는 것도 알려주시면서 이에 따른 혈압, 혈당수치도 함께 모니터링을 할 수 있었다.

또한, 어르신들의 경우 당화혈색소라는 단어가 어려워서 이해하지 못하는데, 의사 선생님께서 적어주신 내용의 수첩을 가져오면 나는 그것을 어르신이 알아듣기 쉬운 용어로 설명해주었다.

점차 건강수첩이 도움이 된다고 인식하신 어르신 몇 분은 내가 기대하지 않던 이상의 성과를 보여주셨는데, 당뇨가 있는 어르신이 식사조절을 하시는 것과 자기 혈당 측정기구를 직접 사서 아침과 점심 매일 스스로 측정하여 병원 진료 시마다 가져가는 어르신도 생겼다.

지역사회 병 의원의 의사와 협력해서 질병을 통합 관리하는 것이 효과적이라는 생각은 이때부터 생겨났다. 그리고 이런 나의 취지를 잘 이해하고 협조해주시는 의사 선생님과 병원 관계자에게도 감사함을 느낀 사례였다.

3) 무료 진료

대한결핵협회, 치매 지원센터, 비영리 의료 봉사 단체 등과 협업하여 무료 진료를 진행하고 추가 결핵 유소견자나, 인지 저하가 의심되어 추가 검진 및 치료가 필요하다면 병원이나 보건소로 연계한다.

무료 진료를 하고 싶은 기관은 법인이 설립되어 있어야 하며, 담당 보건소에 승인 절차 후 진행한다.

4) 건강관리실 운영

건강관리실에는 안마 의자와 같은 휴식용 기구가 설치되어 있고, 건강 취약계층이 무료로 이용할 수 있다. 참고해야 할 부분은 물리 치료사가 사용하는 전문적 기구는 운영 할 수 없으므로 간호사가 사용해도 법적 문제가 없는 선에서 기구를 두어야 한다.

5) 간호 실습 지도

복지관에 따라 하는 곳도 있고 하지 않는 곳도 있지만, 지금 내가 근무하고 있는 복지관에서는 간호학과 학생을 대상으로 지역사회 간호 실습을 진행하고 있다. 복지관 간호사는 지역사회 간호사의 업무 등에 대한 실습 지도를 한다.

6) 방문간호

복지서비스 팀에서 간호사로 보건 의료사업 1개를 운영할 때는 사업량이 지금에 비하면 적었다. 그래서 매주 월~목 13:30~15:00시에는 주 4회 어르신 가정에 방문했다.
가정방문을 가면 의사의 오더 없이 내가 할 수 있는 일은 그리 많지 않았다. 그저 건강 상태를 살피고 안부를 확인하는 정도였다.

복지관에서 무료 급식을 이용하는 어르신 중 식사 배달을 받으시는 어르신 100명 정도의 명단을 추려 가정 방문하였고, 어르신 댁에 가서 이런저런 얘기를 하며 마음이 참 따뜻해졌다.
 우리 할머니 할아버지 집에 가는 것처럼 어르신들은 늘 환하게 맞이해 주셨고 어깨를 토닥여 주셨다.

그런데, 그때부터 조금 고민이 되기 시작했다. '간호사로서 나는 무엇을 도울 수 있는가?'
의료법에 위반되지 않는 선에서 나는 무엇을 할 수 있는가에 대해서 말이다.

아마도 병원에서 의사의 오더를 받아 직접 간호를 수행하는 것에 익숙했기 때문에 나는 방문간호랍시고 어르신 댁에 가서 아무것도 하고 오지 않은 느낌이 들었다.

이때부터였다. 내가 사회복지를 배워야 하겠다고 생각한 것이.
어르신 댁에 가서 어르신의 건강 상태를 확인하고 지역사회 내에 있는 자원들에 서비스를 연계하고 관내 서비스가 어떤 것이 있는지 숙지해서 그 서비스에 연계될 수 있도록 하는 방향의 업무를 주로 진행했다.

7) 부 업무

복지관에서 진행하는 행사(김장 행사/어르신 날 행사)에는 모든 직원이 참여하므로 간호사도 예외 없이 함께 진행한다. 기관마다 직원교육팀/홍보팀 등의 TFT팀에 구성되어 있을 수 있다. TFT팀에 속하게 된다면 해당 업무를 진행하기도 한다.

예를 들면 홍보팀의 경우 기관이 운영하는 대내외적 업무를 하며 홍보지 제작, 현수막, 영상 제작 등의 업무를 하게 된다. 직원교육팀의 경우 직원의 성장을 돕기 위해 워크숍, 법정 필수 교육 및 보수 교육을 관리한다.

4장. 사회복지관 사회복지사가 되기 위한 준비

① 나는 간호 대학원이 아닌 사회복지 대학원으로 간다.

1) 사회복지 자격증 취득과 사회복지 대학원 진학의 장점

복지관 간호사로서 길을 닦아놓은 사람이 있다면 그분을 꼭 만나고 싶었다. 즉 멘토가 필요했다. 궁금한 것은 너무 많았지만 물어볼 곳이 없었다.
그렇다면 내 스스로 멘토를 찾는 수밖에 없다.

여러 곳을 수소문한 끝에 복지관에서 근무했다는 간호사의 블로그 글을 접하게 되었고, 간절한 마음을 담아 메일을 보냈다.

메일을 보냈는데, 나의 진심이 통하였는지 선생님께서 시간을 내어 나를 만나주셨다. 그리고 누구에게도 듣지 못했던 의미 있는 말씀을 들었다.

"저는 간호사도, 사회복지사도 너무 사랑해요" 신선했다. 나는 간호사에게만 초점이 맞추어져 있었다. "저라면 사회복지 대학원에 갈 것 같아요. 요즘은 하나의 직업으로는 빛을 발할 수 없어요. 할 수 있는 일이 많을수록 또 그것이 협업 될 때, 그런 사람이 필요한 시대가 올 거예요" 지하철을 타고 집으로 돌아오는 길 나는 선생님이 해주신 말씀 하나하나를 잊지 않기 위해 휴대전화 메모장에 빼곡히 적었다.

사회복지관에서 근무하면서 사회복지 자격증을 취득하라는 요구를 꾸준히 받아 왔다. 그럴 때마다 느낀 점은 '나는 간호사인데 왜 사회복지 자격증을 따라고 해? 사회복지사에게 간호사 면허증을 따라고 안 하면서 말이야.'라고 생각했다.

선생님은 대학병원에서 근무 후 복지관 간호사로 일한 경력이 나와 같았지만, 사회복지 자격증도 있으셨고 사회복지 대학원도 졸업하신 상태였다. 나는 선생님을 만나 나와 같은 직종인 간호사와 고민을 이야기하고 싶었다.

선생님과 만남은 나의 인생의 방향을 전환하는 데 큰 영향을 주었다. '그래 간호와 사회복지를 함께 할 수 있는 사람이면 경쟁력이 있을 거야.'

나는 기존에 노인전문간호사과정을 진학하려던 계획을 변경하여, 사회복지대학원 노인보건복지과정을 수료하였다. 사회복지사와 간호사, 두 가지 업무가 모두 가능한 전문가가 된 것이다. 나는 지금 업무를 하면서 매우 큰 의미를 찾아가고 있다.

안녕하세요 ^^ 저는 선생님과 같은 길을 걷고 있는 간호사 후배입니다.
한양대학교에서 5년 근무했고, 선생님과 같은 길인 종합사회복지관에서 근무 중입니다.
따라서 종합사회복지관에 근무하기 전에 선생님께 쪽지를 보내어, 도움을 청한 적도 있습니다.
시간이 날 때마다 선생님의 블로그를 보고 도움이 될만한 자료를 찾아 공부하기도 합니다.
제가 선생님의 블로그에 시간이 날 때마다 들어오는 이유는 선생님이 닦아놓으신 길을 저도 가고 싶기 때문입니다.

종합사회복지관에 입사하여 적응하는 시간을 갖게 되었고, 다행히 이곳의 업무가 제 적성에 아주 잘 맞습니다.

기관에서는 제가 선생님이 가신 길처럼 사회복지대학원에 진학하길 바랍니다.

임상에서 나와, 종합사회복지관, 사회복지대학원, 임상전문대학원 등 제가 가야 하고 또 노력해야 하는 분야를 선생님께서 먼저 이루셨다는 생각이 듭니다.

누군가에게 조언을 구하고 도움을 받고 싶은데, 이길 간 선생님이 아무도 없어, 혼자 고민만 깊어 지고 있습니다.

저는 사회복지대학원에 가는 것이 좋을까요, 한양대 임상전문대학원에 가는 게 좋을까요?

선생님께서는 간호사로서 사회복지대학원에 진학하시고 어떠한 도움이 되었나요?

종합사회복지관을 그만두고, 사회복지대학원 졸업이 어떠한 의미 있는지를 묻고 싶습니다.

점점 결혼 적령기가 다가오고 제가 이루려는 꿈이 컸음에도 편한 길로, 누구나 쉽게 딸 수 있는 것으로 정착하는 느낌이 듭니다.

선생님의 조언이 저에게 다시 꿈을 꾸게 하고 올바른 길을 선택할 수 있는 도움이 될까 하여 이렇게 메일을 보냅니다.

5장. 사회복지관
사회복지사가 되다.

① 어려움의 과정 - 성장의 시기

1) 내가 왜 사회복지사 밑에 있어야 해?

임상에서의 간호사는 상하관계가 분명하다. 나이가 많다고 상급자가 되는 것이 아니고 입사 순서였던 걸로 나는 기억하고 있다.
그런데, 그런 경험을 가진 간호사가 복지관에 오게 되면서
나의 상사가 사회복지사이고 사회복지사의 지시에 따라야 하는 것에 힘들어하시는 선생님들도 많다.
그것에 대한 해답은 바로 이곳은 병원이 아니라 사회복지 기관이기 때문이다.

임상 세팅의 개념을 가지고 사회복지 기관에 온 것은 아닌지
자신을 점검해 봐야 한다.

그리고 나도 모르게 내가 전문직으로서 사회복지사보다 우위에 있다고 생각한 적은 없는지 생각해 보시면 좋겠다.

우리는 사람을 돕는 사람이지 누가 위고 아래인 것이 아닌
그저 동등한 전문가이다.

2) 나는 사회복지를 이해하려 노력하는데 왜 그들은 간호사 업무를 알려고 노력하지 않아?

내가 가장 의문을 가졌던 부분이다. 나는 사회복지관에 취업하면서

가장 먼저 느낀 것이 내가 가진 간호사 능력 하나로는
내가 대상자를 도울 방법이 많지 않다는 것을 느꼈다.
더 많은 주민에게 의미 있는 도움을 주고 싶었다.

사회복지를 배워야겠다고 생각했다. 그래서 사회복지대학원에 가서
공부도 했고 사회복지 자격증도 땄고, 사례관리팀 복지서비스 팀을
오가며 사회복지사들이 하는 업무를 모두 해보고 시스템과 매뉴얼
을 익혔다.

그런데, 사회복지사들은 여전히 사회복지사의 관점에서
간호사의 업무는 무엇인지, 간호사는 어떤 일을 하는지 이해하려
하지 않는다는 느낌을 받았다.

타 기관의 타 직종의 업무를 알아야, 그리고 그곳의 시스템을 알아
야 협업이 된다.
처음에는 화가 났다. 서로 이해해 가면 좋을 텐데, 왜 일방적으로
이해해야 하나라고 생각했다.
이것을 강점 관점으로 바꾸면, 그래, 타 직종을 이해하려 하고
본인의 업무역량을 향상하는 것은 본인의 몫이다.

내가 현재 사회복지 일과 간호사 일을 함께 능수능란하게 하는 것
도 타 직종에 대한 이해와 공부를 했기 때문이다.
화를 내지 말고 이것을 강점 관점으로 바꿔 본길 조심스럽게 권해
본다.

3) 내가 왜 (사회복지) 업무를 해야 해?

대부분은 상사의 업무지시에 따르지만, 가끔 이걸 내가 왜 해야 하

나 싶을 때가 있다.

연차가 낮을 때는 상사에게 따져 물었다. 이것은 참 미숙한 행동이다.
그렇다 논리적으로 따져 물어 그 업무를 하지 않아도 된다.
그런데 일단 해보자 그럼 그 일도 내가 할 수 있는 역량이 되니까라고 생각을 전환해 보자.

그러면 시간이 지나, 나는 사회복지사가 하는 여러 업무를 수행할 수 있는 사람이 되어 있고, 그 사람이 없다면 내가 그 일을 대체할 수 있는 그런 유능한 사람이 된다.

복지관 또한 회사와 같다. 직장에서 자신의 몫 그리고 필요한 사람이 되어야 한다. 다양한 일을 많이 할 줄 아는 사람이라면
좀 더 나아갈 방향과 진로가 다양해진다.

4) 내가 왜 (사례관리)팀으로 가야 해?

처음 나는 복지서비스 팀으로 간호사로 입사해서 간호사들이 복지관에서 주로 하는 일반적 업무를 했다.
건강관리실을 운영하고 혈압을 측정하고 건강 관련된 그런 일

그런데 뜬금없이 내가 사례관리팀으로 업무 로테이션이 되었다.
사례관리는 사회복지의 꽃이라고 불릴 정도로 아주아주 중요한 팀이다.
하지만 업무 난이도가 높아 경력이 있는 사회복지사가 사례관리를 해야 한다.

기관마다 프로세스가 조금씩 다른데, 우리 기관 같은 경우는
사례관리 실천 매뉴얼로 세미나를 했을 정도로 사례관리팀이 체계
가 잘 잡혀있다.
그런 팀에서 내가 사례관리 경험을 하게 된 건 나에게 굉장한 축
복이다.

세월이 지나 최근엔 어디서나 사례관리가 이슈다.
그런데 내가 사례관리를 해본 경험이 있다 보니 여러 곳에서
참 여러모로 쓸모 있는 사람이 되어간다.

5) 사회복지관에서 간호사인 나를 성장시켜줄 사람은 없어

사회복지사는 사회복지사를 성장시키는 법을 알지
간호사+사회복지사인 나를 성장시키는 방법을 알지 못해.

이 길은 나 자신의 몫이야 참 답답했다.
하얀 눈 위를 걷고, 그 길이 너의 길이라고 하지만
누군가의 길 뒤에 따라가고 싶었다.
그저 평탄한 길이 있고, 그 길을 힘듦 없이 걷고 싶었다.

내년이면 복지관 9년 차, 나는 최근 주민센터에서 의뢰받아
지역사회 치매 어르신의 이해와 대처요령에 대해 강의하고 있다.

그냥 간호사였다면 가능했을까 지역사회 내 사회복지+간호사로서
치매 어르신이라면 간호사를 찾는 덕에 많은 사례를 접했고
그것이 8년 동안 쌓여 강의까지 할 수 있는 상황

또한, 복지관 간호사로서 오래 일하다 보니, 간호 관련 CEO의

연락받고 있다. 주로 인터뷰나 강의 요청 등인데,
복지관 간호사가 어떤 방향으로 가야 하는지 어떤 일을 하는지를
알려주고 있다.
이것 또한 내가 걸어온 길이
헛되지 않았음을 느끼게 해준다.

6) 위기 대처와 고독사 처리는 간호사만 가능하나요?

8년 동안 복지관에 근무하면서 위기 상황 즉 응급 상황에는
내가 있었다. 고독사 사례도 마찬가지다.
이런 것들이 쌓여 어느 순간엔 기관에 이렇게 많은 사회복지사가
있는데 왜 이 일을 할 수 있는 사람은 나밖에 없는 건가?
하면서 마음이 힘들어졌고, 여러 사망 건을 목격하면서 마음이 힘
들어져, 정신과 진료도 받고 심지어 개입 수준이 낮은 서비스팀으
로 로테이션했다.

그럼 이제 내가 그 일을 하지 않느냐 그건 아니다.
나는 여전히 같은 업무를 하고 있다.

이를 강점화해 보자.
8년 동안 모든 위기 개입에 들어간 사람
8년 동안 모든 고독사 사례를 개입한 사람
참 독특한 경력이다. 위기 상황은 앞으로 계속 있을 것이고
고독사 또한 계속 있을 것이다. 간호사가 사회복지관에서
사회복지사들을 대상으로 이런 교육을 한다면 어떨까?

참 의미 있는 일이 될 것이다. 하반기 관내 사회복지사를 대상으로

위기 개입과 고독사 대처에 대해 직무교육을 했다.

나만이 가진 노하우와 경험을 나누니, 많은 사회복지사가 눈물을 흘리며 공감해 주었다. 그리고 그 후 우리 사회복지사들은 고독사와 위기 개입에 좀 더 민감성을 가지고 업무를 하게 되었다.

왜 나만 이렇게 생각하는 것을 내가 가장 잘하는 일로 전환하면 그것이 나의 길이 된다.

② 사례관리팀으로 로테이션 되다.

> 현재 파편화되고 분절화된 지역사회 복지서비스의 제한점을 극복하고 더욱 통합적인 서비스 전달체계로 나아가기 위해 지역사회 내민. 관을 아우라는 서비스 네트워크 구축 및 다양한 지역주민의 욕구를 연결해 맞춤형 서비스 제공
>
> 1) 사례발굴: 지역 내 보호가 필요한 대상자 및 위기 개입 대상을 발굴하여 개입 계획 수립
> 2) 사례개입: 지역 내 보호가 필요한 대상자 및 위기 개입 대상자의 문제와 욕구에 대한 맞춤형 서비스가 제공될 수 있도록 사례개입
> 3) 서비스 연계: 사례개입에 필요한 지역 내 민간 및 공공의 가용 자원과 서비스에 대한 정보제공 및 연계, 의뢰

출처 : https://www.saswc.org/ 서울시 사회복지관 협회

1) 보건의료 사례관리

간호사의 역량에 따라 차이가 있을 수 있다. 복지서비스팀에 배치되어 서비스 관련 프로그램을 운영하기도 하지만, 사례관리팀에 배치가 된다면 사례관리 업무를 독자적으로 수행하기도 한다.
이 시점에는 내가 한양대학교 노인전문간호사과정을 진학하지 않고 노인보건복지전공으로 대학원을 졸업하면서 사회복지사 자격을 취득할 때였다.
그래서 통합적 개입을 할 수 있었다.
사례관리팀에서 내가 한 일은 보건의료 사례관리였다. 간호사이자 사회복지사가 아주 잘 할 수 있는 일. 그렇게 보건의료 사례관리라

는 사업 시작하게 되었다.

보건의료 사례관리는 개인의 신체적, 심리적, 사회적 문제는 상호
연관되어 있고, 분리될 수 없으므로, 복합적인 문제에 대한 해결을
위해 보건의료서비스와 사회복지 서비스 연계가 필요하다는 것에
기반을 두어 사업을 진행했다.

보건의료 사례관리를 진행하면서 건강 관련 문제가 있는 부분만
개입한 것은 아니며, 복합적 욕구 전체를 보고 필요하면 팀 사례관
리, 관 내외 서비스 연계로 건강+복지 측면의 개입을 하면서 통합
적으로 사례관리를 하고자 하였다.

관내에서는 사회복지사 역할과 간호사 역할, 팀 간의 업무를 이분
적으로 분리하지 않고, 한 대상에게 통합적인 서비스가 연계될 수
있도록 도왔으며, 외부로는 각 기관과 해당 전문가의 역할, 시스템
을 파악하여 클라이언트에게 서비스가 적절히 제공될 수 있도록
컨트롤 타워 역할을 했다.

나의 대학병원의 임상 경력은 병원 시스템을 매우 잘 알고 있었기
때문에, 의료인들의 역할, 원무과에서의 역할, 의료사회복지사의
역할 등에 대한 이해가 높아. 문제를 해결할 때 각 전문가에게
적절한 역할을 부여하고 사례를 컨트롤 함으로써, 목표 달성률을
높일 수 있었다.

6장. 사회복지관
간호 복지사가 되다.

① 콜라보 널스

1) 팀 사례관리

사회복지 업무와 복지관 간호사의 업무가 손이 능숙하게 익혀질 때는 팀 사례관리라는 것을 하게 되었다. 문득 그런 생각이 들었다. 어려움에 닥친 대상자가 어느 복지종사자를 처음 만나느냐에 따라 아주 큰 차이가 있을 수 있겠다고 말이다.

복지종사자가 보는 시야, 그리고 복지종사자의 전문성에 따라 대상자는 필요한 서비스를 받지 못하기도 하고, 욕구에 맞지 않는 개입이 될 수도 있다.
사람의 욕구는 대부분 복합적이다.

내가 지역사회에서 취약계층을 만나면서 느낀 점은 우선 경제적 어려움이 생기고 병원비가 없어 병원 진료를 받지 못하게 되고 그러면 건강이 악화한다. 그래서 식사를 스스로 차려 드실 수 없는 상황이 되고 그러다 보면 식생활에 대한 문제, 보호 체계의 문제가 발생한다.

그런데 사회복지 중 경제영역을 잘 개입하는 사회복지사라면 경제영역의 문제가 있다고 그 부분을 개입할 것이고, 식생활에 전문적인 사회복지사라면 식생활 개입을 진행할 것이다.

그런데 5년 차 간호사, 그리고 8년 차 사회복지사로서 다양한 사례를 만나보면서 느낀 점은 복지종사자는 전문적이어야 하고 보는 시야가 넓어야 한다는 것이다.

그래야 내가 할 수 없는 부분은, 서비스 연계라도 해야 삶의 질을 향상할 수 있다.

한 대상자를 놓고 사회복지 하는 간호사 + 병원의 의료사회복지사 + 주민센터의 자원+ 요양센터의 돌봄 + 가정방문 의사 등 각기 다른 기관의 전문가들이 힘을 합해 개입하면 효율적으로 대상자의 삶을 향상할 수 있다.

2) 팀원 슈퍼비전 (항암/치매)

지역사회에서 8년째 근무하다 보니, 내가 근무를 시작할 무렵 인지 저하에 발견되었고 조기 투약을 시작하신 어르신이 계시다. 보호 체계가 부재하여 사례관리가 진행되었고, 직원의 퇴사로 담당 사례관리자가 여러 차례 변경되었다.

그러던 어느 날 신입 사례관리자가 어르신의 사례관리 종결을 해야 하겠다고 회의 안건에 올렸다. 그 사유는 표현하는 욕구가 없다고 했다.

나는 그 사례안건을 보고 어르신은 알츠하이머 치매 셨고 서서히 치매가 진행되어, 8년째인 무렵에는 자신의 욕구를 분명하게 이야기할 수 없을 정도로 치매가 진전되었다고 받아들였는데, 신입 사회복지사로서는 욕구 표현이 없으니 사례를 종결해야겠다고 판단하였나 보다. 그래서 알츠하이머 치매인 대상의 특성과 관련한 교육과 이 사례는 종결해야 할 사례가 아니라 좀 더 관심을 가지고 볼 사례라고 말해주었다.

또 다른 사례는 암 환자인데, 식사를 전혀 못 해 복지관에서 운영하는 어르신 밑반찬 서비스를 제공했으면 좋겠다는 안건이었다. 그런데 나는 너무 궁금했다. 어떤 암이지? 암 몇 기일까? 항암치료는 왜 중단했을까? 식사를 전혀 못 드신다는데, 밑반찬 배달은 어떤 의미일까? 여러 가지 궁금증이 생겼다. 왜냐하면, 나는 5년 동안 혈액종양내과에 있으면서 수많은 암 환자를 봐왔다. 그리고 항암치료를 받은 후 암 환자가 얼마나 힘들어하는지 수없이 봐왔다. 구토하고, 기력 없고, 온 기운이 다 빠져 기진맥진해 있다. 더군다나 자극적인 음식은 전혀 드시질 못했다. 입 안이 헐었기 때문이다.

그래서 내가 다시 가정방문을 가 보기로 했다. 역시나 어르신은 말기 암이셨다. 주 섭취를 영양 보조식을 마시고 계셨고, 임종을 준비 중이셨다. 건강이 악화할 것을 알고 있었고 가족과 임종시설 병동 입원을 계획하고 있었다.
그렇다. 암 환자에게 밑반찬은 제공이 의미가 없다. 나는 관내 자원을 활용해 영양 보조식의 다양한 맛을 볼 수 있도록 월 2회 영양 보조식을 지원하기로 했다.

이런 상황이 반복되다 보니, 나는 간호사와 사회복지사 일을 함께 하는 사람으로서 참 강점이 많다고 생각하게 된다. 그리고 그런 것을 사회복지사에게 슈퍼비전 할 수 있음에 감사하다.

한 신입 사회복지사가 나와 함께 가정방문을 다녀온 뒤 말한다.
주임님은 간호사로서의 경험이 사회복지를 함에 있어 굉장한 강점이 되는 그것 같아요. 저는 어르신이 약을 보여줬을 때 이게 뭐지라고 생각했는데, 주임님은 바로 알아채시더라고요. 그러다 보니 자연스럽게 라포형성이 되고 제가 대상자라도 주임님 같은 사회복지사를 만나고 싶을 그것 같아요. 라고 말이다.

3) 무료 급식 인테이크

복지서비스팀으로 로테이션 된 지 몇 달이 지나자, 팀장님께서 무료 급식 사업의 인테이크를 일정 기간 해줄 수 있냐고 물어보셨다. 사유를 여쭈어보니, 무료 급식 인테이크 대상이 매우 밀려있고, 내가 운영하는 사업(월계커뮤니티)과도 연관이 있어 대상 발굴에 도움이 될 것이라고 얘기 들었다.

누군가는 그것을 왜? 내가 해야 해? 라고 생각할 수 있다. 근데 나는 흔쾌히 그 업무를 하기로 했다. 일정 기간이란 어느 정도 기간을 말하는지 담당자에게 물어보았다. 약 두 달 정도라고 담당자가 말해주었다. 그렇게 나는 두 달 동안 40여 명의 인테이크를 했다. 무료 급식 인테이크만 진행했느냐, 그것은 아니다.

대부분 주민은 복지관이 밥을 주는 곳이라는 것은 알고 있다. 그래서 일단 무료 급식을 신청하고 보는 것이다. 결식의 우려가 있는지에 초점을 맞추어 사정하면 좋겠지만 나는 넓은 방향으로 욕구 파악을 했다. 그랬더니 단순히 식사의 욕구만 있는 것은 아니었다. 분명 복합적 욕구가 있었다.

이 대상에게 실질적으로 도움이 되는 개입이 진행될 수 있도록 돕고 서비스를 안내하고 하는 과정이 나에게 참 의미 있었다.
그리고 사업을 다시 인수인계해주는 시점 나는 사업의 아이디어를 같이 인수인계해주었다.

무료 급식 사업 질 향상을 위해 고민해야 할 부분

① 복지관에서 거리가 먼 대상의 비율이 높아지고 있음

경로 식당 이용자 중 고령화 및 거동 어려움으로 복지관까지 오기 어려우신 대상자의 경우 현 시스템으로는 밑반찬 전환은 가능하나, 식사 배달 전환은 어려운 상황임. (사유: 운전 배달 가능 인력 부재)

② 밑반찬 서비스에 대한 욕구가 있으나 경로 식당으로 선정되어 거부한 사례에 대한 대안 마련 고민이 필요함.

③ 무료 급식 사업 접수 대장을 효율적으로 사용하길 바람.

1) 계속 대기만 시켜놓지 말고 1차 욕구를 파악하고, 인테이크를 진행한다면 모든 사례를 방문하여 상담할 건수가 감소함.

예1) 단순 김치 신청을 원하는 대상은 서비스 취지 목적 안내
예2) 장애인 밑반찬 신청을 하였는데, 실질적 욕구는 정보제공인 경우도 많음
예3) 그냥 복지관 온 김에 신청해본 사례

④ 무료 급식 선정기준표에 대한 부분을 수정 바람

⑤ 무료 급식 사업 접수 대장 수정

1) 기존 이름, 주소, 전화번호만 남겨두는 방식에서 기초정보를 파악할 수 있도록 접수 대장을 개정하였음.

2) 담당자가 판단하기에 적합하지 않다고 판단된다면 팀장 슈퍼비전 후 접수 대장 등을 수정해도 좋음.

⑥ 재 사정 및 선정기준 점수에 대한 고민

1) 회의 시 인테이크 자가 점수를 어떻게 주었는지 확인이 불가하며, 총점만 가지고 회의에 들어오기 때문에, 담당(추가 점수)을 왜 주었는지 기록이 미비함.
이는 선정기준점수에 대한 신뢰성을 낮추고 있음.
따라서, 선정기준표 개정 후 회의에 들어올 때는 선정기준표도 함께 가져와 회의하였으면 함.

2) 인수·인계받아 인테이크 하는 동안은 선정기준표를 근거자료로 남겨두었음.
→ 재 사정에 매년 담당자가 부담을 느끼고 있는데, 선정기준표에 대한 근거가 남아있다면 변화된 사항+ 선정기준표를 통해 효율적인 재 사정이 이루어질 것으로 보임.

⑦ 선정기준표 엑셀로 자동 점수 산정될 수 있도록 만들기

1) 선정기준표는 한글파일로 매번 출력해서 수기 작성으로 점수를 산정하고 따로 보관하지 않고 폐기하고 있음.

2) 엑셀로 점수를 넣으면 바로 계산될 수 있는 방식으로 하는 것이 효율적 업무가 될 것으로 보임.

4) 각종 회의 참여

관 내 외부에서는 대상자를 중심으로 한 사례 회의가 활발히 이루어진다. 지역사회 내 각 기관의 전문가가 통합적으로 사례를 논의함으로써 문제해결을 효과적으로 하고 있다. 이런 다양한 회의에 나는 참여하고 있다. 사회복지 종사자들이 보지 못하는 건강영역, 질병의 예후, 질병의 합병증, 관리 방법 등을 지역사회 근무한 사

회복지 경험을 살려 이해하기 쉽게 설명할 수 있기 때문이다. 관내에서는 무료 급식 선정 회의에 참여하기도 하고, 위기 사례지원인 희망 온돌 회의, 민관협력회의 등에 참여한다.

5) 외부 강의 기회

■ 복지종사자 대상으로 한 교육 - 4회

주민센터 공무원으로부터 전화 한 통이 왔다. 지역사회 치매에 대한 이해와 대처역량에 대해 교육을 해주실 수 있는지 여쭤보려고 한다고 했다. 이미 복지관 내부에서는 봉사자와 종사자에게 관련한 교육을 여러 차례 진행해본 적이 있어서 교육자료를 따로 만들지 않아도 되었다. 그래서 긍정적으로 검토해보겠다고 말씀드렸다. 그런데, 주민센터 사회복지공무원께서 조심스럽게 나에게 여쭤보았다.

그런데 정말 궁금한 게 있는데 실례가 안 된다면 여쭤봐도 괜찮냐고 물었다.
"복지관에서 간호사 일 하시면서 사회복지 일도 같이하시는 거예요?"
"경력 사항이 특이해서 눈이 갔어요. 너무 궁금해요"
"그럼 간호사면허와 사회복지 자격증이 같이 있는 거예요?"

그 이후에도 여러 차례 공공기관의 강의 요청이 있었다.
사회복지사 하는 간호사이기 때문에 가능했던 일이라고 생각한다. 간호사라면 치매의 이론에 근거한 교육을 할 것이고 사회복지사라면 지역사회에서 만난 치매 어르신의 사례 중심으로 이야기할 것인데, 이것을 함께 강의할 수 있는 사람이 바로 나였다.

■ 서울시 사회복지협의회 -사회복지 종사자들의 이야기 당선

-서울시 사회복지협의회 지역사회 지역사회통합 돌봄

7장의 에피소드 중 '지역사회에서 임종을 맞이할 수 있을까?'의 내용을 서울시 사회복지협의회 - 사회복지 종사자들의 이야기 공모전에 제출하였다. 나에게는 지역사회 지역사회통합 돌봄의 작은 기대를 하게 한 의미 있는 사례였기 때문이다. 간호사인 내가 간호사 업무만 했다면, 아마도 사회복지종사자들의 이야기라는 곳에 해당하지 않았을 테다. 하지만 사회복지를 하는 간호사가 되니, 업무의 영역이 확대되고 활동할 수 있는 무대도 확장되었다.

■관내 복지서비스 팀 직무교육 -2회

- 사례 중심으로 한 고독사 대처 방법
- 사례 중심으로 한 위기 개입 대처 방법

복지서비스팀 사회복지사에게 직무교육을 진행하였다. 8년간의 내가 경험한 사례를 분류하여 고독사 대처 방법과 위기 개입 대처요령에 대한 주제였다.
사회복지사를 위한 교육이라면 사회복지사가 교육하는 게 더 적합할지 모른다. 하지만 나는 8년간 이 기관에서 고독사와 위기 개입의 사례를 많이 다루어본 사람으로서 팀 직무교육을 할 수 있었다. 이 또한 사회복지를 하는 간호사이기에 가능하다.

■ 사회복지 대학원 특강 -1회

- 지역사회 건강증진 프로그램의 실제

사회복지 대학원에서 특강요청이 왔다. 지역사회 건강증진 프로그램의 실제에 대한 부분이었다. 사회복지 실무자를 대상으로 한 특강이라 더욱 의미 있었다.

수강생 중 한 소규모 노인복지센터를 운영하는 관장님께서 나에게 질문을 하셨다.

"선생님이 개입하는 네트워킹이나 자원 연계는 직접 찾아서 하시는 거예요.?"
"그냥 사회복지사보다 훨씬 훌륭한데요.?"

간호사로서 바라보는 시야, 그리고 사회복지사로서 바라보는 시야를 모두 가지고 있는 사람이 되니, 하나의 경력으로 능력을 발휘하는 것보다 훨씬 더 큰 시너지를 내고 있다.

7장. 매일 따뜻한 날들
에피소드

'치아가 없어서 밥을 먹을 수 없어요'

어느 추운 겨울날, 중년의 남성이 복지관을 찾아왔다. 아저씨는 치아가 없어 식사를 제대로 할 수 없었다. 잠시 마스크를 내려 치아 상태를 확인해 보고, 깜짝 놀랐다. 아랫앞어금니 1개를 제외하고 치아가 없었기 때문이다. 어떻게 된 사유인지 물어보자 잦은 알코올 섭취와 가족과의 갈등으로 우울감이 심해졌고 건강관리를 하지 않아 현재와 같은 상황이 이르렀다는 것이다. 아저씨에게 그동안 식사를 어떻게 했냐고 물어보니 맑은 미음 위주로 식사했고 체중이 감소하고 기력이 떨어져 틀니를 제작하기로 마음먹었다고 했다.

집 근처 치과에 방문하여 치료 계획을 들어보니, 상하 악 틀니 제작비는 총 260만 원이 든다고 했다. 기초생활보장 수급자인 아저씨는 제작 비용을 감당할 수 없어 복지관에 도움을 요청하러 온 것이었다.
그분을 돕기 위해 국가보철지원사업 제도를 알아보니 65세 이상의 어르신에게만 해당하여 59세인 아저씨가 받을 수 있는 국가 지원이 없었다.
그렇다고 6년을 기다려 65세가 될 때까지 치아가 없는 채로 생활할 수 없는 노릇이었다. 260만 원이라는 큰돈을 어떻게 마련할지 아저씨와 나는 일주일 동안 했다. 그러던 중 우리 복지관에서 20년 넘게 치과 의료 봉사하셨던 치과 원장님이 생각났다.

개인 치과를 운영 중이신 선생님은 우리 복지관 이용자 중 치아가 불편한 어르신들을 돕고 싶어서 하셨기 때문에 도움을 부탁드렸다. 선생님은 흔쾌히 틀니를 무료로 지원해 주시기로 했다. 국가 공적 지원을 받을 수 없는 아저씨에게 민간 지원으로 틀니를 무료 제작할 수 있게 된 것이다.

아저씨는 6개월간의 긴 치료 과정을 잘 참여했고, 치료 과정 동안 술을 끊으셨다. 금주로 가족과 갈등 빈도가 줄었으며, 가족들과 건강한 관계를 오래 유지하고자 복지관 가족 상담 프로그램을 받기로 했다. 단순 틀니 지원 사례가 아저씨의 금주를 도왔고, 가족관계를 개선하려는 의지를 보인 사례가 된 것이다. 이후 아저씨는 가족 사례관리 대상으로 전환되었고 가족관계를 개선하기 위해 꾸준히 노력하고 있다.

'지역사회에서 임종을 맞이할 수 있을까?'

우리 복지관에는 고우신 할머니가 계신다. 복지관과 수십 년 동안 인연을 함께 해 온 할머니는 복지관에 전화하실 때마다 본인을 알아보지 못하는 직원에게 호통치시는 호탕한 성격이시다.

무더운 여름이 식어가는 어느 날, 할머니를 담당하던 요양보호사에게 전화가 왔다. 할머니가 식사를 거부한 채 물만 먹는다는 전화였다. 할머니를 찾아가 보니 이전과 다르게 기운이 없으셨다.

줄곧 "입맛 없어, 밥 먹기 싫어"라고 말씀하시면서 식사도, 병원도 모두 거부하고 계셨다. 할머니는 비뚤배뚤한 글씨로 병원에 절대 가지 않겠다는 각서까지 쓰시며 완강한 마음을 보이셨다. 집에서 여생을 보내시고 싶은 마음이 충분히 느껴졌지만 나는 할머니의 건강이 걱정되었다.

요양보호사는 할머니의 영양을 위해 보조식을 준비했고, 할머니가 욕창이 생길 수도 있으니 공기 매트리스 위에서 자세를 자주 바꾸시라는 당부를 드렸다. 혹시나 하는 응급 상황을 대비해 119에 바로 연락할 수 있게 조치까지 취했다.

저희의 당부에도 할머니는 영양 보조식과 기저귀 교체를 거부하시면서 건강이 점점 안 좋아지셨다. 할머니는 더 이상 살고 싶지 않으시다며 오물이 있는 방바닥에 누워 꼼짝도 하지 않으셨다. 바닥이라도 깨끗하게 치우고 싶었지만, 할머니는 우리가 움직일 때마다 소리를 쳤다.

"이대로 죽을 거야! 빨리 죽고 싶으니까 도와주지 마"라는 말을 계속하시며 힘든 마음을 표출했다. 할머니의 딸도 할머니를 설득해봤지만, 할머니의 마음은 움직이지 않았다.

나는 사회복지사, 요양보호사와 함께 할머니의 손을 잡고 세 시간이 넘도록 설득했다. 우리는 할머니에게 "할머니, 이렇게 여생을 보내시기 싫으시잖아요. 이렇게 여생을 보내시기 싫으시죠"라고 물어봤다. 할머니는 진심으로 돕고 싶은 우리 마음을 느끼셨는지 도움을 받겠다는 끄덕임을 보이셨다.

 진정된 할머니의 상태를 확인해 보니 엉덩이에 욕창이 생겨 있었다. 사회복지사와 요양보호사들만 있다 보니 욕창 소독과 같은 의료 처치를 할 수 없었다. 나는 가능한 한 빨리 할머니를 진료할 수 있게, 가정방문 의사 선생님에게 의뢰서를 보내고 할머니의 사정을 설명했다.

의사 선생님은 신속히 할머니 댁에 방문하여 자세히 할머니의 상태를 확인했다. 그리고 약 처방, 소변 줄 연결, 욕창 소독 등 필요한 모든 조치를 했다.

 응급처치를 끝내고 우리는 할머니를 병원으로 이송할지 말지를 논의했다. 할머니의 의사는 명확했기에 요양센터장, 요양보호사, 가정방문 의사, 사회복지사, 간호사, 보건소 등이 할머니의 관점에서 어떤 방식으로 도움을 드릴 수 있을지 함께 고민했다. 우리는 할머니가 댁에서 지내시는 동안 할 수 있는 만큼 할머니 댁에 자주 방문하고, 건강 상태를 감시하기로 했다. 만약 건강에 이상이 생기거나 더 이상 집에서 관리가 힘든 경우에 병원으로 이송하자는 결론을 냈다.

그렇게 나는 가정방문 의사, 복지관 간호사, 사회복지사와 함께 매일 할머니 댁에 방문해 욕창 소독을 했고, 가정방문 의사가 방문하지 않는 날에는 복지관 간호사와 사회복지사, 요양보호사가 직접 욕창 상태를 확인하며 할머니의 건강을 확인했다. 이런 정성에 할머니도 웃으며 우리를 맞이해 주셨다.

 할머니의 건강 검진을 위해 보건소 재택 의료 서비스를 연결하여 할머니의 전반적인 건강 상태를 확인하고 진료할 수 있었다. 이 외에도 요양센터장님과 협의하여 할머니 댁에 전동 침대를 설치해 할머니가 좀 더 편안한 환경에서 생활하실 수 있게 노력했다.

 오물로 가득했던 방바닥에 누워 죽겠다고 소리치시던 할머니는 우리가 방문하면 환하게 웃으며 인사해 주셨다. 할머니를 닦아드릴 때마다 "깨끗하게 닦아주니까 너무 시원해~"라며 손을 꽉 잡아 주기도 했다.

 항상 함께 있으면 좋겠지만 요양보호사가 퇴근한 이후에 할머니가 혼자 계시는 것이 걱정되었다. 혼자 계시는 할머니가 물은 잘 드시고 계신지, 욕창 소독한 부위가 아프시진 않으신지, 캄캄한 방에 혼자 누워서 무섭진 않으신지 등 이런저런 걱정에 나는 수시로 요양보호사, 가정방문 의사, 사회복지사와 할머니 댁에 방문했다. 할머니에게 많은 관리와 도움이 필요한 상황에서 오전에 할머니를 돌보는 요양보호사의 3시간은 턱없이 부족했다. 부족한 돌봄 시간을 채우기 위해 주민센터에서 '돌봄 SOS' 신청했다.

그렇게 요양보호사와 SOS 돌봄으로 월요일에서 토요일까지 할머니를 돌볼 수 있는 환경을 조성할 수 있게 되었다. 어쩔 수 없이 발생하는 공백은 복지관 간호사나 사회복지사가 방문해 최소화했다.

한 달 동안 지속적인 관리로 할머니의 욕창은 많이 회복되었다. 하지만 할머니는 약과 영양 보조식을 잘 드시질 않아 건강이 점점 안 좋아지셨다. 의사 선생님은 소변의 양상이 좋지 않고 다리에 부종도 관찰되고 있어 병원으로 이송하는 것이 좋을 것 같다고 말했다. 그렇게 할머니와 자녀들의 오랜 고민 끝에 할머니를 요양병원에 입원하기로 했다.

할머니의 요양병원 입원을 결정한 날은 비가 내리고 있었다. 나는 의사 선생님과 함께 비가 내리는 것을 지켜보고 있었다. 지금까지 한 달 동안 할머니의 건강과 행복을 위해 열심히 해왔다고 생각했는데, 결국 할머니가 원치 않은 입원을 하게 되어 속상했다. 의사 선생님은 할머니가 치료 잘 받으시고 집에 다시 오면 다시 우리가 잘 보살펴 드릴 수 있으니 괜찮다며 나를 위로했다.

누군가는 대변을 치우고, 기저귀를 갈아드리고, 집을 청소하는 일이 전문가의 일이 아니라고 말한다. 나는 그 말에 동의하지 않는다. 오물 범벅인 바닥에서 어르신이 누워 있는 모습을 보고 너나없이 소매를 걷어 바닥의 오물을 치우고 어르신이 편안한 하루를 보낼 수 있게 도와드리는 것. 그게 우리가 존재하는 이유이며, 전문가인 우리가 할 수 있는 일이다.

할머니의 의사를 존중하여 보낸 한 달 동안 함께한 간호사, 사회복지사, 가정방문 의사, 요양보호사들은 할머니의 행복을 바랐기 때문에 마음과 정성을 쏟을 수 있었다. 지역사회에서 치료가 어려워 어쩔 수 없이 요양병원에 입원하시게 되셨지만 함께한 한 달 동안 할머니에 대한 우리의 진심이 행복한 기억으로 남았으면 좋겠다는 바람이다.

도움이 필요한 지역주민들의 건강과 보호, 돌봄에 대해 전문가들이 머리를 맞대고 논의하고 협력하는 것이 지역사회를 위한 지역사회 통합 돌봄이자 사회 변화의 시작이라는 것을 느끼게 되었다.
아직 우리의 도움이 필요한 많은 사람이 있다. 내가 할 수 있는 최선을 다해 편안한 하루를 보낼 수 있도록 계속 노력할 것이다.

'치매 어르신의 안식처'

매일 8시가 되면 건강관리실에 오는 예쁜 어르신이 있다. 매일 11시, 복지관에서 식사를 드시는 어르신인데, 인지 저하가 꽤 진행된 어르신이다. 매일 아침 "안녕~!"라며 들어오셔서 안마 매트에 누워 안마하시다가, 갑자기 세수를 안 한 것이 기억나셨는지 뜨거운 핫팩 통을 열어 세수하시곤 했다.

11시 식사 시간이 되면 식사하셔야 하는 것도 잊은 채 "여기에 왜 왔지?"라고 여쭤보신다. 처음에는 "11시라서 식사하러 갈 시간이에요~"라고 말을 해드렸는데, 사람들이 많이 이용하는 곳에서 어르신이 인지 저하를 공개적으로 표현하는 것 같아, 어르신의 마음에 상처가 될까 조심스러워졌다.

나는 오랜 고민 끝에 시계에 보라색 스티커로 11시에 표시해 두었다. 그리고 어르신께 조용히 "어르신 저기 시곗바늘이 보라색에 가면 식사하러 가셔야 해요. 까먹으셔도 제가 다시 조용히 알려 드릴게요!"라고 말씀드렸다. 내가 휴가로 출근을 안 하면 어르신이 혹여 굶게 될까 늘 걱정되어, 무료 급식 담당자에게 혹시 식사하러 안 오시면 건강관리실에 계실 것이라고 일러두었다.

그러던 어느 날, 어르신의 아들이 찾아왔다.
"여기 간호사가 누구예요! 어머니가 그러시는데, 여기 간호사가 어머니께 욕을 하셨다고 해요. 그래서 확인해 보려고 왔어요."
상황을 보니 어르신의 아들은 간호사에게 따지러 온 것이 아닌 어르신의 인지 기능이 점점 저하되는 것을 알고 어떤 상황인지 알고 싶어 찾아온 것이었다.
어르신은 얼마 전 건강관리실에서 다른 어르신과 다툼이 있었다.
그 과정에서 욕설이 오고 갔는데, 내가 중간에서 말리면서 어르신 편을 들어주지 않아 꽤 섭섭하셨던 모양이었다.

어르신의 아들에게 상황을 설명하고 편한 장소로 자리를 옮겨 이런저런 이야기를 나누었다. 치매 부모를 모시고 사는 것은 우리가 생각하는 것보다 힘들다. 나 또한 치매를 앓고 있는 조부모님과 함께 살았기 때문에 그 마음의 부담이 얼마나 큰지 너무나도 잘 알고 있다.

"퇴근해서 집에 오면 좀 쉬고 싶은데, 새벽에 갑자기 집 정리를 한다고 온갖 서랍장에 있는 물건들을 다 꺼내요. 어떨 때는 제가 쫓아냈다고 동네방네 이야기하고 다니기도 하고요. 저도 화내고 싶지 않은데, 화가 많이 나요!"

그렇다. 나는 알고 있다. 치매 어르신을 대할 때 어떤 태도로 대해야 하는지를 말이다. 그런데 그게 내 가족이 되면 전문가적 행동이 나오지 않는다.

어르신은 동네를 배회하다 건강관리실이 닫은 시간인 저녁 6시에도, 복지관 문 열기 전인, 아침 8시에도 언제나 건강관리실을 찾아오셨다. 나는 어르신이 왜 건강관리실을 찾아오시는지 안다. 수십 년째 살았던 동네의 지리는 익숙하지만 무작정 걷다 보면 갑자기 "여기에 왜 왔지, 여기는 어디지?"라는 생각과 불안감이 들고 그때 자신이 가장 편안하다고 생각되는 곳, 자신을 항상 웃으며 맞이해 주는 그곳(건강관리실)으로 오시는 것이다.

그럴 때면 나는 어르신에게 "어르신 지금 건강관리실 끝났어요!"라고 말씀드리지 않았다. 어디에 다녀오셨는지, 오늘 별일 없으셨는지, 자연스럽게 이야기를 하면서 집 방향으로 함께 걸었다. 그리고 어르신이 집으로 안전하게 들어가시면 다시 복지관으로 돌아왔다.

알츠하이머라는 치매가 기억력이 계속해서 감퇴하는 질병이라 어르신은 언제부턴가 건강관리실에 오는 것도 잊어버리게 되셨다. 할머니는 지금 주간 보호센터에 다니고 계신다고 전해 들었다. 지역사회에서 치매 어르신을 보고 있으면 어르신 생각이 많이 난다. 치매라고 해서 바보가 된 것이 아니다.

항상 나를 보면 "수고해!"라고 말씀해 주셨고, 고생한다고 해 주셨다. 가끔은 손을 잡아 주시기도 하고 호탕하게 웃어주시기도 했다.

그런 어르신을 보면서 나도 하루가 즐거웠다.

'저의 세상이 무너지고 있어요. 제발 저를 도와주세요.' 말하지 않아도 알 수 있는 민감성이 있는 전문가

나는 어떤 전문가가 되고 싶은지에 대한 고민을 해본 적 있다. 그 때마다 나는 '민감성이 높은 전문가'가 되고 싶었다. 사람마다 성향이 다르듯 처음부터 나 "힘들어요. 도와주세요."라는 사람이 있는가 하면 어려움이 있어도 표현하지 않거나, 표현을 돌려서 하는 사람이 있다.

만약 내가 경제적 어려움이나 주거지 어려움 등이 생기면 복지관에 찾아가서 어떻게 도움을 청할까? 생각해 봤다. 나는 자존심이 있어서 그냥 질문 형식으로 간단히 물어보고 나올 것 같다….

이런 생각을 하게 된 계기가 있었다. 말끔하게 옷을 입은 50대 전후로 보이는 중년의 아저씨 한 분이 찾아오셨다. 복지관에 처음 찾아오셨는지 무척 쑥스러워하시고 어려워하셨다.

직원에게 도움을 받고 싶다고 이야기하는 듯했으나, 쭈뼛쭈뼛 말하는 아저씨의 말을 신임 사회복지사가 이해를 못 했는지 응대가 잘 되지 않았다.
"상담받고 싶다. 도움을 받고 싶다"라는 얘기만 들려서 내가 로비로 나가 아저씨를 만나 봤다. 나는 조용히 상담할 수 있는 장소로 이동해서 어떤 경위로 오게 되었는지를 조용히 여쭤봤다.

아저씨는 발달 장애가 있는 자녀를 키우고 있는데, 아내가 며칠 전 질병으로 사망했고 어떤 복잡한 사유로 현재 영구 임대 주택의 명의가 아내에서 아들로 변경해야 했다.

근데 과정이 쉽지 않았다. 여러 기관에서 성년 후견인 등을 신청해야 한다는 이야기를 들어서 진행하려 했는데, 그 과정이 쉽지 않았고 마지막으로 복지관에 찾아온 것이다. 메고 있던 가방 속에서 꺼낸 서류를 보니, 여러 기관을 찾아다니며 문제를 해결하기 위해 얼마나 노력했는지를 알 수 있었다.

나는 한참 그분이 말씀하시는 것을 가만히 듣다가, 식사는 하셨는지 여쭤보았다. 그러자 아저씨는 갑자기 자리에서 일어나 잠시 창밖을 보더니 울기 시작하셨다. 나는 적잖게 당황했다. 아저씨의 말을 가만히 듣고, 식사하셨냐는 한마디를 했을 뿐인데, 아저씨는 상담실이 떠나가라 울었다. 나는 우는 아저씨를 한동안 지켜봤다. 아저씨는 아내의 사망에 슬퍼할 겨를도 없이 해결해야 할 일들이 너무 많았고, 이제야 제대로 자신의 감정을 분출하는 듯했다.

10여 분이 지났을 때, 나는 조용히 다가가 괜찮으신지 여쭤보곤 어깨를 가만히 토닥여 드렸다. 다시 상담 자리에 앉으신 아저씨는 멋쩍어하며 미안하다고 하셨다.
나는 내가 아저씨를 상담하기 정말 잘했다고 생각했다. 만약 아저씨가 마지막이라고 찾아온 이곳마저 도움을 받지 못했다면 어떻게 됐을지 생각만 해도 아찔했기 때문이다.

나는 아저씨의 일을 해결하는 것이 내 역량 밖의 일이라고 생각했다. 그래서 사례관리 팀장님께 해당 사례를 이관했다. 팀장님의 노력 덕에 문제는 해결됐고, 마음의 안정을 찾은 아저씨를 보면서 나는 다시 한번 다짐했다. "사람에 대한 민감성을 절대 낮추지 말아야지"라고 말이다.

' 세상이 막막할 때 생각나는 사람이 나라는 것 '

건강관리실에서 근무하다 보면 복지관을 전혀 알지 못하고 복지관을 이용해 본 경험이 전혀 없는 주민을 많이 만나게 된다. 우리 복지관은 사무실이 2층에 있어서 직원을 만나려면 2층으로 올라가야 하는 구조다.

그래서 1층에 있는 건강관리실에 많은 주민이 문을 열고 들어와서 소소한 얘기를 하거나 간단한 도움을 청하곤 돌아간다. 그렇게 알게 된 한 어머니가 있다.

자녀 없이 혼자 사시는 어머니는 어떻게든 살아 보려 청소 일과 요양보호사 일을 하시다 관절 통증이 심해져 일하지 못하게 되셨다. 속상한 마음에 눈물을 보이시며 건강관리실에 오셔서 나와 이런저런 얘기를 하게 됐다.

전문가로서 하는 서류와 볼펜을 든 그런 상담이 아닌, 그냥 사람 사는 얘기를 했다. 이야기하다 보면 눈물도 나고 얘기도 하고, 속이 시원해진다고 하셨다. 복지관 건강관리실은 치료하는 곳이 아니어서 어머니 관절 치료를 위해 복지관 인근 한의원에 연계해드렸다. 어머니는 그마저 미안하다고 거절하셨다.

그러던 어느 날 갑자기 어머니가 찾아오셨다. 미안해하는 얼굴로 말이다. 나는 무척 반가워하며 잘 지내셨냐고 묻자 어머니는 내 옆에 조용히 앉으셨다. 어머니는 일용직이지만 다시 일을 시작하신다는 소식을 전하면서 근로장려금 신청을 도와달라고 하셨다.

문자 내용을 찬찬히 읽어보니 우리나라는 스마트폰 못하면 살기 힘든 구조임을 느꼈다. 문자 하나로 근로장려금을 신청하라고 하는데 스마트폰이 서툴면 전화로 하라고 적혀 있었다. 전화해보니, 대기 인원이 147명이란다. 온종일 전화기를 붙잡고 있어도 신청할 수 없었다.

전화 외에도 QR코드로 스캔하여 신청하는 방법이 있었는데, 너무 어려웠다. 다행히 네이버에 이리저리 검색해서 신청을 도와드렸다. 젊은 사람에겐 아무것도 아닌 일이 어머니에게는 오늘 온종일 시간을 투자해도 못 하는 일이었다.

친인척도 없고, 자녀도 없이 혼자 사시는 어머니가 도움을 요청한 곳은 경찰서였다. 어머니는 경찰서에 들어갔는데 경찰관이 "아주머니 경찰서는 바빠서 이런 일 못 도와 드려요. 자녀한테 도움을 요청하세요."라고 했다고 한다.

어머니는 조용히 문을 닫고 나오는데 세상이 막막해진 기분과 부끄럽고 속상한 마음이 들었다고 했다. 그러다가 갑자기 내가 생각났다고 했다. 아픈 거 걱정해주고 전화해주고 한의원 다니라고 연계해주고 이야기 들어준 것이 어머니는 정말 고마웠다고 했다.

어머니는 근로장려금을 신청하시고 나가시면서 손수 뜨신 수세미 한 장을 선물로 주셨다. 삐뚤삐뚤 예쁘지는 않지만, 정성 가득한 수세미였다. 나에게는 아무것도 아닌 일이 누군가에겐 큰 도움이 되기도 한다. 생각나는 사람이 된다는 것이 참 의미 있는 일인 것 같다.

'매일 경로 식당에 오시던 어르신이 보이지 않는다'

지역사회에서 일하다 보면 정신 질환을 앓는 어르신을 많이 만나게 된다. 우리는 정신 질환이 있다고 하면 모두 병원에 가야 한다고 생각하지만, 정신 질환이 있더라도 지역사회에서 작은 도움만 있다면 건강하게 지낼 수 있다.

우리 복지관에서 매일 아침 식사를 하고 가시는 어르신은 20년 동안 매일 같이 복지관을 오셨고, 밥을 엄청 많이 드시기로 유명했다. 복지관 화장실에 있는 휴지를 돌돌 말아 한 움큼씩 가져가시기도 하고, 다른 어르신들과 대화는 하지 않았지만 말을 걸면 이내 큰 소리로 소리를 지르곤 했다. 그런 어르신을 복지관에서 모르는 직원은 없었다.

하얀 백발이신 어르신은 거동이 점차 어려워지자 워커를 이용해서 경로 식당에 오셨다. 그런데 어느 순간부터 어르신의 방문이 점점 뜸하다가 3일 정도 나오지 않는다는 소식을 들었다. 우리는 걱정되는 마음에 어르신 댁으로 가 보기로 했다.
매일 복지관에서 어르신을 뵀지만, 집에는 처음 가 봤다. 심한 저장 강박은 없으셨지만, 종이상자나 휴지 뭉치들이 집안에 가득 쌓여 있었고, 어르신은 거실 중간 얇은 이불 위에 누워 계셨다.

괜찮으신지 여쭙자, 엉덩이가 가렵다고 하셨다. 어르신의 엉덩이 부분을 보니 용변을 보셨는지 이불 주위가 황토색으로 물들어 있었다. 나는 식사를 제대로 못 드시고 며칠째 이렇게 누워 계셨으면 욕창이 생겼을 것이라고 확신했다. 어르신을 설득해서 용변을 치우고 깨끗한 이불로 바꾸자고 말씀드렸다.

어르신은 "싫어! 싫어!!!"라고 말씀하시며 날카로운 손톱으로 나의 손등과 팔을 꼬집으셨다.

어르신의 거부에 우리는 아무것도 못 하고 어르신 곁에 한참을 앉아있었다.
곁에 앉아있는 내가 신경이 쓰이셨는지 어르신은 누워 있는 채로 나를 힐끗힐끗 쳐다보셨다.

나는 "할머니 식사도 안 드시고 엉덩이 가렵다고 해서 도와주려고 했는데 할머니가 꼬집어서 속상해요"라고 말했다. 그랬더니 어르신은 나를 힐끗 보더니 아무 말씀이 없으셨다. 조금은 미안한 눈치였다.

나는 "제가 할머니 누워서 뭐라도 드실 수 있게 뉴케어(영양식)라도 가져다드릴까요?"라고 여쭤보니 좋다고 하셨다. 그렇게 어르신은 우리에게 조금씩 마음을 열어갔다.

첫째 날에도, 둘째 날에도, 셋째 날에도 그렇게 어르신 댁을 찾아갔다. 욕창이 생겨 바로 병원에서 진료받아야 했는데, 어르신의 동의가 없으면 119 이송도, 병원 치료도 할 수 없었다. 그래서 어르신을 최대한 설득해 보기로 했다.
매일 찾아뵈니, 곁에 두었던 뉴케어(영양식)도 잘 드시고 내가 오는 것이 불편하지 않아 보였다. 어르신을 돌려 눕혀 엉덩이를 보니 역시나 욕창이 생겨 있다. 어르신께 아프지 않으시냐 여쭤보니 아프다고 이야기했다. 어르신께 같이 병원에 가자고 말씀드리니, 그러자고 하셨다. 그렇게 119를 통해 서울 시립병원 응급실로 갔고 어르신은 건강을 회복하실 수 있었다.
이후 어르신은 건강을 회복하시지 못해 요양병원으로 가셨지만, 사람과 사람 사이에 진심이 닿는다면, 꽁꽁 닫힌 마음의 문도 열 수 있다는 것을 깨닫게 한 사례이다.

8장. 나는 이렇게
죽고 싶진 않아

① 생존 -3일 이내 / 3일 이후

'월요일이 돼서야 발견되는 어르신'

사무실에서 일하고 있는데, 사회복지사가 간호사를 찾았다. 한 어르신이 집 안에서 쓰러져 있다는 것이었다. 자세한 내막을 알고 싶었으나, 어르신의 건강 상태가 더 나빠질 것 같아서 어르신 댁으로 먼저 달려갔다.

어르신 댁으로 가는 동안 복지관에 전화를 걸어 우리 복지관에서 이용하고 계시는 프로그램이 있는지와 간단한 인적 사항을 확인했다.

어르신은 우리 복지관의 경로 식당을 이용한 적이 있었다. 어떤 경로로, 어르신이 쓰러져 있다는 내용이 복지관으로 전달되었는지 파악해 보니, 어르신 댁을 매일 방문하는 요양보호사가 여느 때와 같이 아침에 방문했는데, 침대 밑에 쓰러진 어르신을 발견한 것이었다.

깜짝 놀란 요양보호사는 1층으로 뛰어 내려가 경비 아저씨에게 도움을 요청했고, 경비 아저씨가 복지관으로 연락을 준 것이었다. 어르신 댁에 도착해 어르신을 마주하니, 어르신은 기운 없으신 채 누워 옅은 안도의 미소를 보이셨다.

다행히 살아 계셨다. 금요일 오후 요양보호사가 퇴근한 직후 집 안에서 낙상하였고, 주말 내내 가정에 찾아오는 사람이 없다···. 금요일 오후부터 월요일 아침까지 그렇게 3일을 그 자리에 누워 계셨다.

피부 곳곳에 찰과상이 보였고, 화장실을 가지 못해, 누워계신 채로 용변을 보셨다. 골절이 있을 수도 있는 상황이라 어르신 주변의 위험한 물건들을 정리하고 구급차를 부르기로 했다.
나는 구급차로 할아버지와 동행했다. 근처 병원 응급실로 이동 중 복지관 직원들과 소통하며 보호자와 주변 관계인들에 대한 정보를 파악했다. 구급대원이 간호사에게 어르신의 건강 상태를 인수인계하는 동안 응급실 수납 창구에서 접수했다. 119 구급대원이 돌아가신 뒤 간호사가 내게 와서 물어봤다.

"보호자 분 되세요?"
"아니요. 저는 복지관 직원이고, 어르신은 복지관 근처에 사시는 주민입니다."
"보호자 분은 안 계세요?"
"네 보호자 분은 안 계십니다."
"복지관 선생님이라고 하셨죠? 누구 한 명은 옆에 있어야 하니까 선생님이 보호자로 계세요."

나는 인적 사항도 잘 모르는 어르신의 보호자 역할에 당황했지만, 병원의 시스템에서는 보호자가 꼭 상주 해야 하기 때문이라고 생각하기로 했다. 응급실에 누워 계신 어르신 곁에서 검사 결과가 나오기를 기다렸고, 3~4시간 뒤에 담당 의사가 우리를 찾아왔다.

"영양실조가 조금 있으신데, 집에 돌아가시면 보살펴주실 분이 계실까요?"
나는 "아니요. 어르신은 혼자 사셔서 집에 돌봐주실 분이 안 계십니다"라고 대답했다.

의사 선생님은 잠시 요양병원에서 건강을 회복하고 지역사회로 돌아가는 게 좋을 것 같다고 말씀하셨다. 다행히 서울 시립병원은 이런 과정들이 꽤 잘 되어 있어서, 진료협력실을 통해 어르신이 원하는 요양병원으로 이송할 수 있었다.

어르신을 요양병원으로 이송하고 이후 과정은 사례관리팀에 의뢰하여, 지역사회로 돌아올 때를 대비하여 개입 계획을 세워 어르신을 보호할 수 있었다.

'공휴일이 지나서야 발견되는 어르신'

자주 만나는 주민센터 사회복지사가 찾아왔다. ○○○ 어르신께서 3일째 연락이 되지 않는다는 것이었다. 우리 복지관에서 주 2회 지급되는 밑반찬 서비스를 받고 계셨는데, 금요일 지급은 확인됐으나 토, 일, 월 3일간의 안부는 확인하기 어려웠다.
이곳에 오래 근무하다 보면 촉이 있다. 불길한 촉. 어르신은 혼자 사셨기 때문에, 어디 나갈 일도 없으셨고 주변 이웃과 왕래도 없으셨다. 정기적으로 다니는 병원이 있는 것도 아니니, 집 안에서 무슨 일이 생겼을 수도 있겠다는 생각이 들었다.

어르신 댁으로 가서 창문을 열어 어르신을 불러도 보고, 문을 세게 두드려 봐도 반응이 없었다. 함께 온 사회복지사와 잠시 이야기를 나눈 후 문을 열고 집 안으로 들어가기로 했다. 아무리 필요한 일이라도 사회복지사가 문을 함부로 개방할 수는 없다. 그래서 우리는 경찰과 소방서에 도움을 요청해 들어갔다.

문을 열고 들어간 집 안 상황은 참혹했다. 거실에 어르신이 누워 계셨는데, 금요일에 가정 내 낙상이 있었고 토요일부터 월요일까지 3일 동안 그 자리에 계셨다.

용변을 보러 화장실에 못 가 거실에 누운 채로 용변을 보셨고, 그 주위엔 바퀴벌레가 기어 다녔다. 몸에 지나다니는 바퀴벌레를 얼른 떼어내고 어르신에게 가까이 다가가니, 어르신이 나를 보고 기운 없는 채 미소를 보였다. 나는 저 마음이 어떤 마음인지 안다. 어르신들은 빨리 죽고 싶다고 이야기하지만, 죽음의 순간에 이런 모습으로 죽고 싶어 하진 않으신다. 나는 어르신의 옅은 미소를 다행이다. "와줘서 고맙다."라고 말하는 것처럼 느꼈다.

어르신은 3일 동안 물 한 모금을 드시지 못해 탈수로 전혀 움직이지 못하셨고, 한여름에 한 자세로 3일을 누워 있다 보니 피부가 장판에 눌어붙어 떨어지지 않았다. 조심히 어르신을 돌려 눕히는 과정에서 피부 조각 일부 떨어져 나갔다. 그렇게 해서 어르신을 응급실로 이송할 수 있었다. 이후 어르신은 건강을 회복했지만, 가정으로 돌아오시진 못하셨고, 요양원에서 지내시다 돌아가셨다.

그런 생각이 든다. 우리는 죽음의 순간에 누군가가 찾아와 주길 바라지 않을까? 내가 죽는 순간에 누군가가 옆에 있어 주길 원하지 않을까? 나는 혼자 집에서 돌아가신 어르신들을 보면 마음이 아프다. 살아서 발견되는 어르신의 옅은 미소를 보고 나니 돌아가신 어르신의 얼굴을 보는 게 어렵다.

② 사망 -3일 이내/ 3일 이후

'나는 너무 살고 싶어.'
만삭에 나의 어르신의 사망을 목격하다.

할머니는 집에만 가면 늘 환하게 웃어주셨다. 손을 잡곤 의자를 꺼
내 나에게 앉으라고 했다. 나에게 "덥지? 일이 많이 힘드나, 물 한
잔 줄까?"라며 물어봐 주셨다. 할머니 집에 가면 마음이 따뜻해져
서 힘들 때면 늘 할머니 집에 갔다. 어느 날 할머니가 얼굴이 창
백하고 기운이 없다고 하셨다. 검은색 대변을 보신다고 했는데, 나
는 복용 중인 철분제 때문이라 생각했다. 하지만 할머니는 느낌이
좋지 않다고 하셨다. 나는 복지관에서 과산화수소를 가져와 대변
위에 뿌려보고, 혈변임을 알게 되었다.

언제부터 그랬냐고 물어보니 한 2일 되셨다고 했는데, 오늘 좀 더
심해졌다고 하셨다. 할머니의 창백한 얼굴이 너무 걱정되어 혈압을
측정해보니 90/50mmHg로 평소 할머니의 혈압보다 훨씬 낮았다.
나는 할머니에게 병원에 가야 한다고 말씀드렸다. 그러자 할머니는
"병원비가 많이 나올 텐데…. 병원에 같이 갈 사람이 없어."라고
하셨다. 병원비는 지자체나, 복지관 예산을 통해 확보할 수 있고
병원은 내가 같이 가면 될 일이었다.

나는 할머니를 설득해서 평소 할머니가 다니는 성바오로병원으로
향했다. 구급차를 타고 병원으로 가는 동안 구급대원이 "반장님 혈
압이 계속 떨어집니다!"라고 소리쳤다. 옆에 앉아있던 나는 가슴이
떨렸다. 사이렌을 울리며 병원으로 달리는 동안 할머니의 혈압이

계속 떨어진다는 보고를 받은 구급대원은 차를 세워 할머니의 상태를 다시 파악했고, 긴급 조치 후 5분 안에 병원 응급실에 도착했다.

나는 할머니가 얼른 진료를 볼 수 있게 응급실 수납처에 접수하고 할머니에게 돌아왔다. 다급하게 움직이던 의료진은 나에게 보호자냐고 물어보고 사인하라고 했다. 아마도 혈변 관련해서 내시경을 하고, CT 검사를 위함인듯했다. 문제는 내가 보호자가 아니라서 직접 사인을 할 수 없었다. 어쩔 수 없이 할머니가 직접 사인을 하셨다.

모든 검사를 끝내고 할머니 옆에 앉아 4~5시간을 할머니 옆에 앉아 이런저런 얘기를 했다.
"사람 사는 게 참 그래. 내가 하도 아프니까 자식들한테 미안해."
응급실에서 결과를 기다리며 앉아있는 시간은 굉장히 초조하다. 괜찮으니 집으로 돌아가라고 하면 좋을 텐데, 혹여나 문제가 생기면 입원 처리부터 요양병원 후송까지 해야 하므로 상황이 복잡해진다.

다행히 어르신은 검사 결과 퇴원을 해도 된다는 의사의 소견을 받고 나와 함께 지역사회로 돌아오셨고, 건강이 점차 회복되셨다.

그러던 어느 날 어르신은 복지관의 노노케어 (노인의 노인 돌봄)이라는 서비스를 주 3회 받고 계셨는데, 노노케어 (노인의 노인 돌봄) 어르신들께서 할머니의 집에 방문해 보니 상태가 심상치 않다고 복지관에 연락을 주셨다. 당시 나는 만삭이었는데 걱정되는 마음에 허겁지겁 할머니 댁으로 달려갔다.

할머니는 침대에서 내려오시다가 낙상하여 사망하신 상태였다. 조용히 할머니의 곁으로 다가갔다. 할머니의 얼굴을 보기가 너무 힘들었다. 마음이 아팠다. 나는 돌아가신 할머니가 얼마나 건강히 지내고 싶어서 했는지 잘 알고 있었기 때문에 할머니의 찡그린 표정의 얼굴을 마주하는 것이 너무 괴로웠다. 경찰과 119 구급대, 보호자가 오고 사건을 처리하는 과정 내내 마음이 무너졌다. 할머니의 표정은 여전히 나의 머릿속에 선명하게 남아있다. 그리고 할머니가 나에게 준 따뜻한 정도 함께 남아있어, 나는 할머니를 오래 기억하고 있다.

'차갑게 식은 어르신의 몸에
조용히 이불을 덮어 드리다.'

관내 코로나 확진자 발생으로 폐쇄되었던 복지관이 문을 열면서 정말 자리에 잠시 앉을 틈 없이 바빴다. 건강관리실로 내려와 어르신들께 건강관리실이 재개됨을 알리는 전화 중이었는데, 타 팀으로부터 식사 배달을 받는 어르신께서 쓰러져 있다는 보고를 받았다.

해당 팀의 두 직원이 먼저 가서 상황을 파악하고 연락을 주기로 했으나, 복지관 관장님께서 간호사도 함께 현장에 가라는 업무지시가 있었기 때문에 외투도 걸치지 못한 채 부리나케 어르신 가정으로 뛰어갔다.

내가 단 한 번도 뵙지 못한 인적 사항도 모르는 어르신이라 현장에서 무엇을 도울 수 있을지 생각했다. 나는 일단 상담일지에 적힌 기본 인적 사항만 급한 대로 휴대전화 카메라로 찍어 뛰어갔다. 뛰어가는 내내 숨이 찼다. 살아 계시면 어떻게 할지, 돌아가셨으면 어떻게 할지 생각을 정리했다.

현장에 도착하니 어르신은 이미 사망하신 상태였고, 통화 중이던 119구급대원이 심폐소생술을 하라고 말했으나, 이미 사후경직이 된 상태라 상황을 전달하고 전화를 끊었다.

119와 경찰이 도착하기 전, 나와 늘 고독사 현장에 함께하던 동료가 어르신이 너무 추워 보인다며, 안방에서 이불을 가져와 조용히 덮어드렸다. 나는 나의 동료가 이미 돌아가신 어르신에게 왜 이불을 덮어드렸는지 이유를 잘 알고 있다. 혼자 쓸쓸히 돌아가신 어르신이 마음이 아팠기 때문이다.

나는 이런 상황에 어떻게 행동해야 하는지 너무 익숙하다. '어르신의 생존하거나 사망했을 때 어떻게 행동해야 하는지', '누구에게 먼저 알려야 하는지', '업무 보고는 어떻게 해야 하는지', '이런 상황에서 업무는 어떤 방식으로 처리해야 하는지'에 대해서 말이다.

연락은 가장 먼저 도착하는 119에 먼저 그다음은 경찰, 보호자, 동주민센터 순서이다. 상황을 보고하면 핸드폰을 스피커 핸드폰으로 바꾸고 의료 지시에 따라 심폐소생술을 진행한다.

119 구급대가 도착하고 사망이 확인되면 경찰만 남게 되는데, 여기서 담당자는 '내가 누구인지', '관계가 어떻게 되는지', '질병력이 무엇인지', '보호자 연락처는 무엇인지', '언제 사망하였는지', '복지관에서는 어떤 서비스가 언제까지 제공되었는지','누가 발견한 것인지', '신고는 누가 한 것인지', '어르신의 연세는 어떻게 되는지', '보호자는 언제 도착할 수 있는지' 해당 사항을 경찰관에게 수십 번, 구급대원에게 수십 번 그리고 감식반에 수십 번 알려주면

된다.

상황에 따라 수사가 필요하면 경찰에서 더 자세한 내용을 전달하기 위해 복지관에 있는 기본 인적 자료를 전달하면 된다. 응급처치에도 순서가 있고 보고 해야 할 순서가 있다. 사망 건에 대해선 반드시 119 구급대와 경찰이 현장에 와야 하고 사망자의 보호자가 없을 경우는 동주민센터에도 상황을 전달해야 한다.

고독사 관련해서 나는 '항상' 현장으로 가야 하므로 우리 기관에서 내가 아마 '사망 건을 가장 많이 본 사람 중 한 명'이라 생각한다. 괴롭게 돌아가신 어르신들의 얼굴을 보면 마음에 남아 트라우마가 된다. 그래서 심리 상담 치료를 준비 중이다.
나는 이곳에 근무하는 동안 사망 사건의 목격을 피할 수 없다. 그래서 심리 상담이 크게 도움 되지 않을 것으로 생각했다.

트라우마와 마음의 어려움이 해소되려면 그런 상황을 다시 겪지 않아야 가능하다. 교통사고로 인해 트라우마 생긴 사람이 이후에도 계속 교통사고를 10번, 20번을 당한다면 과연 트라우마를 극복할 수 있을까?

나는 고독사로 인해 무기력에 빠져있다. '나는 왜 119본부에 현 상황을 개선하려고 서신까지 보냈지?', '이걸 막을 방법은 뭐지?', '사람이 막을 수 없으면 IoT(사물 인터넷)를 어떻게 설치하지?', '우리 지역구에 IoT(사물 인터넷) 자원은 몇 개 있지?', '지금 장기 요양 대상과 맞춤 돌봄 대상 중 누가 더 취약하지?'

고통스럽게 사망한 어르신들의 얼굴을 보면서 이 일을 오래 하기 위해 찾은 나만의 방법은 '내가 할 수 있는 선에서 최선을 다하자'

라는 것이었다. 그래서 나는 한결같이 전체 회의 시간과 주간 회의 시간에 수없이 IoT(사물 인터넷) 관련 상황과 119 서신 내용, 지체장애인협회에서 제공하는 응급 벨 자원도 여러 개 확보하여 공유하고 있다.

하지만 첫 번째에서 다음 단계로 넘어가지 않는다. 응급 벨은 종류가 뭐고 작년에 어디서 자원을 확보했는지, 계속 첫 번째를 반복해서 이야기하고 있다. 그러다 보니 어느 순간 내가 숨이 막히고 죽을 것 같았다. 나도 살아야겠다는 생각이 들었다. 그래서 생각을 전환하기로 했다.

"나만 사회복지사 아니다. 나만 간호사 아니다. 이 지역에는 수많은 전문가가 있다. 모두 각자 해야 할 일이 있는 거다. 서비스 담당이 해야 할 일이 있고, 동주민센터에서 해야 할 일이 있고, 119와 경찰에서 해야 할 일이 있고, 모든 일은 나 혼자 개선할 수 없다. 나는 그리 대단한 사람이 아니다. 나는 모든 걸 해결할 수 없다."

그냥 그렇게 사망하신 어르신의 마지막 길이 너무 초라해서, 그것이 나의 마음을 아프게 해서 어르신이 고통스럽게 사망한 모습을 다시 보고 싶지 않았다. 노력하면 그걸 내가 막을 수 있다고 생각한 건 착각이었다. 다시 한번 생각하자. 나는 그리 대단한 사람이 아니다.

'선생님 잘못이 아니에요.'
죽는 게 어르신 소원이었는데….

정신 질환을 앓고 계신 어르신이 계셨다. 우리 복지관에서 10년 넘게 매일 경로 식당을 이용하셨는데, 경로 식당에 오시면 같이 식사하시는 분들과 매번 다투곤 하셨다. 건강이 악화하여 복지관에 잘 오지 못하셨다.

어르신은 주변에 친구 없이 자녀들과도 단절된 채 지내셨다. 그런 어르신의 가정에는 각종 폐지로 가득 차 있었다. 수급비 통장에 매달 수급비가 입금되지만 찾는 방법을 모르셨고, 식사는 복지관에서 제공된 것 외에 주민센터에서 제공되는 요구르트만 드셨다.

어르신은 당뇨와 정신 질환이 있으셨지만 오랜 기간 질병 관리가 되지 않았고, 오래전 정신과에 강제로 입원한 경험이 있어서 타인이 집에 오는 것을 극도로 싫어하셨다.

그런 어르신이 매일 나를 찾아오는 이유는 바로 파스 때문이었다. 무릎이 아파서 파스를 받으러 오시는데, 그럴 때마다 나는 어르신의 안부를 확인하고 집에 가서 어르신의 식생활을 점검하곤 했다.

그러던 중 어르신에게 낙상 사고가 있었고, 병원 X-Ray 촬영 결과 허리뼈 골절로 수술이 필요했다. 어르신은 병원비 문제와 의료진에 대한 불신으로 모든 것을 거부하셨다. 나는 어르신을 설득해서 가정방문 의사 선생님을 통해 진통제라도 드실 수 있게 도와드렸는데 그것이 화근이었다.

어르신은 의사에 대한 거부감이 심했기 때문에 가정방문 의사를 강제 입원시키려는 사람으로 인지했고, 그것이 어르신과 나의 인연을 끊게 했다. 나의 개입 방법이 미숙했다. 어르신의 마음을 미처 헤아리지 못했다. 어르신이 의사가 집으로 오는 게 괜찮다고 말씀하셔서 그렇게 진행을 해드렸지만, 그것이 오히려 어르신의 강제 입원 기억을 떠올리게 하고 나와의 관계를 단절하게 했다. 그래도 가끔 가스레인지가 되지 않거나 파스가 필요하면 종종 전화를 주시곤 했다. 나는 어르신이 잘 지내시는지 먼발치에서 지켜볼 수밖에 없었다.

이후 어르신을 관리하는 사례관리자가 교체되었다. 아마 어르신이 나를 정신병원에 강제 입원시키려는 사람으로 낙인을 찍어 버려서 그런 것 같았다. 나는 매일 식사 배달을 받고 계시고, 주민센터에서 요구르트 배달로 확인이 되기 때문에 이만하면 괜찮다고 애써 외면했다.

어르신이 유일하게 나에게 도움을 요청했는데 더 도와드리지도 못하고 아무것도 할 수 없었던 나는, 같은 팀 사례관리자에게 어르신의 안부를 물으며 마음의 걱정을 비워내고 있었다.

그러던 어느 날, 다른 어르신의 가정방문 중이었는데, 핸드폰으로 전화 한 통이 울렸다. 어르신이 돌아가신 채로 발견이 되었다는 것이다. 가슴이 '쿵' 내려앉았다. 나는 정신을 차리고 상담 중이던 어르신께 급한 일이 있어 가 봐야 할 것 같다고 말씀드린 뒤, 숨이 턱까지 차오를 때까지 달리고 달려서 어르신 가정으로 갔다.

어르신 집 앞에는 이미 119 구급대 차가 도착해 있었다. 119 구급대원에게 ○○호에 가는 것이냐 물어보니 맞다고 했고, 나는 구급대원에게 복지관 담당자라고 말했다. 엘리베이터가 열리고 내가 목격한 첫 장면은 우리 복지관 신입 직원이 눈물을 그렁그렁한 채 엘리베이터 앞에 멍하니 서 있는 모습이었다.

직원은 어르신의 사망 모습을 처음으로 목격해 충격이 꽤 컸던 모양이었다. 신입 직원을 챙길 정신없이 구급대원과 경찰은 어르신의 가정으로 들어갔다. 현장에 있던 구급대원은 할머니가 사망하셨다고 내게 말해줬다. 어르신은 수도도 잠그지 못한 채, 냉장고도 닫지 못한 채로 돌아가셨다. 나는 차마 어르신의 얼굴을 보지 못했다. 얼굴을 보면 나는 이 일을 더는 할 수 없을 것 같았다. 그 현장에 남아 구급대원과 경찰에게 어르신 관련 인적 사항을 전달했고 멀리 사는 자녀분에게 연락했다.

구급대원의 돌아가신 지 얼마 되지 않으신 것 같다는 말에 매일 모니터링했던 것이 도움이 됐다고 생각하면서, 마음의 짐을 덜며 복지관으로 돌아왔다. 사무실에 도착하자마자 시신을 처음 목격했던 신입 사회복지사가 울음을 터트렸고, 나는 최선을 다했다며 나 자신을 위로했다. 바로 직원 전체 회의에 참석했는데, 회의 내용은 하나도 머리에 들어오지 않았고, 멍한 상태로 있었다.

5분 뒤 경찰 수사관이 나를 찾아왔고, 누가 몇 시에 발견했고, 언제까지 도시락 배달이 되었는지, 도시락 배달은 누가 했는지 등을 조사하기 시작했다. 나는 그 옆에서 경찰과 복지관 관계자들이 통화하는 것을 듣다가 마음이 무너져 내렸다. 조금만 더…. 아주 조금만 더…. 관심을 가졌으면 좋을 거라는 생각이 들었다. 그날 나는 업무에 집중할 수 없었다. 이렇게 울고 있는 내가 나약하게 느껴졌다. 나는 어떻게든 포커페이스를 유지한 채 일했다. 어떤 것이 내 마음이 이렇게까지 아프게 만드는지 나는 알 수 없었다.

어르신의 사망이 꽤 오래 내 마음을 아프게 했다. 내가 과연 최선을 다한 것일까. 어르신이 수도도 못 잠그고 냉장고 문도 못 닫고 돌아가시는 순간에 외롭진 않으셨을까.

어르신 관련 내용으로 사례 회의를 하면 나는 그냥 바보같이 울어버렸다. 어느 날 어르신과 오랫동안 연락을 안 하던 자녀분이 복지관에 찾아왔다. 음료수 한 상자를 건네주며 나에게 감사 인사를 전했다.

왜 이렇게 눈물이 나는지 나는 또 울어버렸다. "사실은요…. 잘해드리고 싶었는데…. 그게 맘처럼 잘 안됐고 결과가 이렇게 돼서…. 너무 속상하고 힘들어요."라며 울어버렸다. 나와 자녀는 함께 울었다.

"몇십 년을 제가 마음대로 도와드릴 수가 없었어요. 자녀인 저희가 할 일이었는데 최선을 다해 주셔서 감사합니다. 그러니 죄책감이나 미안함을 느끼지 마세요."

어르신을 잘 아는 자녀분이 괜찮다고 이야기해 주니, 마음의 50%는 치유가 된 것 같았다. 이 사례는 나에게 가장 큰 아픔으로 남아 있다.

'일주일이 지나서야 발견되는 어르신'

코로나가 참 무섭다. 월요일과 목요일에 어르신들이 식사를 받아 가시는데, 목요일에 식사를 받아 가신 어르신의 안부를 다음 주 월요일이 돼서야 확인할 수 있다. 한 번은 한 어르신이 오시지 않아 경로 식당 담당자가 주변 이웃, 주민센터, 가족관계 등을 확인하고 전화도 해보고, 집에도 여러 차례 찾아갔지만, 어르신의 안부를 확인할 수 없었다.

복지관에서 8년째 일하면서 고독사와 관련된 현장에 많이 있었기 때문에 감이 왔다.

 나는 어르신 댁에 방문해 문을 열어야겠다고 판단하여, 119와 112에 신고했다. 119 구조대가 도착했고, 꽁꽁 잠긴 현관문과 창문을 열 수 없어 밧줄을 타고 베란다 창문으로 구조대원이 진입했다.

집으로 진입한 구조대원은 집 안에서 문을 열어 주었고 표정이 그리 밝지 않았다. 어르신은 사망하셨다. 썩은 간장 냄새가 아파트 복도 전체를 덮었다. 내가 입고 있던 옷에도 그 냄새가 온종일 날 정도로 어르신의 시신이 부패한 상태였다.
국가 유공자 어르신이라 보훈처에서 장례를 처리해 주기로 했고, 먼 친척이 어르신을 수습해 드렸다.

참 마음이 아팠다. 살아서 발견되는 어르신들이 나를 보고 환하게 웃어주는 얼굴을 알기에, 사망한 채 발견되거나 부패가 된 어르신을 보면 오랫동안 마음에서 떠나지 않는다.

9장. 직장 생활 참 힘들다.
번 아웃 오다.

① 고독사 이후 남아있는 마음의 어려움 (극복 과정)

1) 보건복지부에 제안서를 보내다.

복지관에서 8년째 간호사로 일하고 있는 나는 건강에 관련된 일이면 무조건 간호사를 찾는 복지관 덕에 고독사를 가장 많이 목격한 직원 중 한 명이 되었다. 고독사는 주로 두 가지로 분류되는데 며칠 동안 낙상한 채 누워 계시다 며칠 동안 방치된 채 살아계신 상태로 발견되는 경우와 고통스러운 얼굴로 돌아가신 채 발견되는 경우이다.

돌아가신 경우는 두 가지로 분류되는데, 돌아가신 뒤 요양보호사 등에 의해 즉시 발견되는 경우와 오랜 시간 방치되어 부패한 채 발견되는 경우이다.

살아계신 채로 발견되는 어르신은 캄캄한 방 안에서 누워 움직이지 못하는 채로 대소변에 범벅이 되고 바퀴벌레가 들끓는 채로 마주한다.

현장에서 다양한 상황과 가장 많이 접한 한 명으로서 단언컨대 어르신들은 "나는 이렇게는 죽고 싶지 않아"라고 말하고 있다.

그것은 내가 현관을 열고 들어가면 살아계신 어르신의 반가운 얼굴과 고통스럽게 돌아가신 어르신의 얼굴을 보면 알 수 있다. 나는 암 병동과 내과 병동에 5년간 근무해서 매일매일 환자의 임종을 보는 것과 사후 처리에 익숙하다. 그리고 사람이 어떻게 임종을 맞이하는지 누구보다 잘 알고 있다.

그런 내가 왜 이렇게 고독사에 민감하게 반응하고 관계를 맺었던 어르신의 죽음에 왜 이렇게 힘들어하는지 고민해본 적이 있다.

우선, 지역사회 즉 가정에서의 고독사는 내가 병원에서 보던 임종과는 달리 너무나도 외롭고, 처참하다. 몇 개월 입원 후에 퇴원하는 병원과 달리 복지관에서 만난 분들과 수년째 신뢰감 형성하게 된다. 그러니 당연히 내 친구나 옆집 아주머니의 임종이 아무렇지 않을 수가 없다.

간혹 사회복지사 중에 "나는 아무렇지도 않아.", "우리가 모든 걸 해줄 순 없어."라고 이야기하는 분도 계시다. 하지만 직접 현장을 본다면 정말 저렇게 말할 수 없다.

내가 생각하는 마음의 힘듦을 덜어내는 방법은 스스로 최선을 다했다고 생각할 때이다. 정말 후회 없이 최선을 다했으면 된다. 우리가 모든 걸 다 해줄 순 없어도, 죽어가는 그 순간에는 하나라도 더 선택할 수 있도록 우리는 노력해야 한다.
119 호출 벨을 누르든 누르지 않든 거기까지는 만들어줘야 하는 게 지역사회에서 해야 할 역할이라는 생각이 들었다. 나는 보건복지부에 정책 제안을 했다. 그리고 아래와 같은 답변을 받았다.

보건복지부 제안 사항

안녕하세요! 저는 ○○복지관 간호사 □□□이라고 합니다.
다름이 아니라, 지역사회에서 근무하며, 독거 어르신들을 많이
찾아뵙고 만나게 되는데, 관련하여 시스템의 도움을 받을 방법이
있을까 하여 글을 남기게 되었습니다.
저의 복지관이 속해 있는 ○○단지에서는 독거 어르신들께서
지병으로 가정에서 돌아가시는 경우가 종종 발생하고 있습니다.
오전에는 요양보호사 선생님, 복지관 직원, 주민센터 직원, 이웃
주민에 의해 발견되기도 하지만, 늦은 밤에는 발견되기가 어려워,
화장실 또는 가정에서 사망하신 채 발견되곤 합니다.
연세가 많고, 기저질환이 있는 어르신이니, 당연히 그럴 수 있다고
생각하지만, 홀로 집안에서 죽음을 맞이하는 어르신들을 보면
마음이 미어집니다.
화장실에서 유명을 달리하는 그 순간 '119'에 연결될 수만 있다면
어르신들께서 가정에서 쓸쓸히 돌아가시지 않고 병원에서 작은
처치라도 받을 수 있을 거라는 생각이 듭니다.
현재 국가에서 시행되는 독거 어르신에게 제공되는 인공지능
스피커는 어르신들의 주거환경에 적합하지 않습니다.
우리 어르신들은 대부분 핸드폰이 없고 가정에 인터넷 연결이
되어 있지 않기 때문입니다.
대부분 집 전화기가 있는데, 응급 상황 시 (예: 화장실에 쓰러져
있는 경우) 거실로 나와 119 버튼을 누를 수 없습니다.
혹시 집 전화와 연동된 인공지능 스피커(119에 연결해 줘!)에
말했을 때, 주거 공간 내 어디서든 119에 신고할 수 있고,
휴대전화가 없고 인터넷이 안 되는 어르신들에게 실질적으로
도움이 될 수 있는 기기와 시스템의 개발이 필요합니다.
(SK 하이닉스 등 여러 통신사에서 사회 공헌 사업으로 진행되고

있는 것으로 아나, 공공기관과 접촉되는 줄로 압니다) 관련하여
소방청 및 해당 지자체의 이런 시스템이 있는지 여쭙고, 저희
어르신들께 안내해드리고 도움을 드리고 싶습니다.

답변내용

소방 서비스 발전을 위한 좋은 의견 주신 것에 깊이 감사드립니
다. 귀하께서 응답소를 통해 신청하신 민원에 대한 건의 사항을
다음과 같이 알려 드립니다.
귀하께서 알고 계신 것처럼 소방서에서 무선 페이징이란 전화기
로 홀로 사는 노인이나 거동이 불가한 환자들에게 무료로 설치하
는 정책을 시행했었고 거동이 불가하고 기저질환이 있는 분들께
는 사용하는 데 어려움이 있어서 지금은 새로 설치하지는 않고
있습니다. 귀하의 말씀처럼 이런 단점이 해결될 수 있는 인공지
능 스피커로 신고가 될 수 있다면 이런 분들에게 많은 도움이 될
그것이라고 생각이 듭니다. 본부 담당자에게 확인한바, 당장은 시
행 중인 이와 같은 사업은 없으나 적극적으로 고려해 보겠다는
답변을 들었습니다.
우리 부서에서도 인공지능 스피커 설치에 대한 의견을 좀 더 세
분화시켜 본부에 전달하도록 하겠습니다.

2) 슈퍼비전에 울어버렸다.

복지관에서 울어버렸다. 창피하게 감정이 북받쳐서 말도 못 할 정도로 말이다. 대학교수님이 오셔서 슈퍼비전을 해주는 시간이었는데 사례관리자의 소진에 관련한 이야기를 듣다가 울어버렸다.

교수님에게 슈퍼비전을 받은 사례가 애도의 과정을 다뤄야 하는 사례였는데 우리는 클라이언트의 애도 과정을 어떻게 도울 수 있을지 참 오랜 시간을 들여 논의하는데,

사례관리자가 경험하게 되는 애도의 과정에는 왜 관심을 두지 않지? 생각했다.

교수님이 주신 자료에서 애도의 과정에는 4단계가 있었다. 그중 나는 1단계 충격 수준에서 멈춰 있었다는 것을 알게 됐다.

그리고 깊은 관계를 바탕으로 일하는 사례관리자는, 다른 사례관리자보다 마음이 더 힘들다는 것도 알 수 있었다.

관계의 정도를 감당 가능한 수준으로 선을 그으면 좋겠지만, 나의 사례관리 스타일은 깊게 몰입하는 편이다.

사회복지기관에 종사한다면, 누구나 느낄 이 애도의 감정에 대해 "나도 그런 경험이 있어. 충분히 울어도 괜찮아. 사람이 돌아가셨는데, 아무렇지 않은 것이 더 이상한거지." 라고 말해주고 싶다.

직장에서 울어버리면,
그것이 전문가 아닌 것처럼 느껴져

울음을 꾹꾹 눌러 담아왔던 나 처럼..
그렇게 참지 말라고,.
슬프면 그저 슬퍼해도 괜찮다고..
충분히 애도하라고
그래야 이 일을 오래 할 수 있고
다른 대상자도 도울 수 있다고 말이다.

3) 고독사로 인한 마음의 어려움으로
심리 상담 치료를 시작하다.

최근 기관에서 나에 대한 평가가 있었는데 평가서를 보고 생각이
많아졌다.
잘한 점/부족한 점에 다음과 같은 내용이 있었다.
'소진 극복을 잘하는 것 같다.'
'소진 극복을 위해 더 노력해야 할 것 같다.'

평가회에서 직원이 질문했다.
"힘든 건 알겠는데 전문가는 소진이 오지 않아요. 누구에게 얼마나
지원해야 하는지는 모르겠어요. 심리 상담이 필요한 사람 혹시 있
어요?"

나는 손을 번쩍 들었다. 마음속에 화가 있었다. 누구에게 얼마나
지원해야 할지 모르다니. 필요한 사람이 누군지는 물어보면 알 것
이고, 어떤 지원을 얼마나 해야 하는지도 물어보면 알 것인데.
종사자를 돕기 위해 생각해 본 적이 없는 건 아닌가?

나와 관련된 일이 아니니까. 나는 그럴 일을 겪지 않을 거니까.
그렇다. 그때 내가 느낀 감정은 종사자의 심리적 어려움을 도울 의
지가 없다고 판단했다.

사례관리팀은 끊임없이, 팀 로테이션 그리고 소진 극복 관련 지원
을 여러 차례 반복적으로 이야기해 왔다.

그래서 직원 교육비 30만 원 내 근무 시간 중 상담을 받을 수 있
다는 복지가 생기게 되었다.

심리 상담을 한 번도 받아본 적이 없던 나는 너무나도 획기적이라고 생각했다. 심리 상담은 10회기가 기본이고 회당 10만 원 정도였다.

연간 회사에서 지원되는 30만 원의 교육비로 심리 상담 3회기를 할 수 있다. 그리고 상담 더 필요하면 70만 원 자비 지출해야 한다.

나는 다짐했다. 직원 교육비 30만 원으로 심리 상담을 받지 않을 것이다. 대신 외부 자원을 확보해서 상담받을 것이다.

본 취지에 맞게 30만 원은 직원 교육비로 쓰고 근무 시간에 상담받아야겠다고 생각했다.

근로의 욕구가 떨어졌다. 내가 감당할 수 있는 업무적 일 처리와 해낼 수 있는 정도만큼 라포를 형성한다. 내가 할 수 없다면 외면하지만, 마음이 편하진 않았다.

이것을 해결하려는 방법은 두 가지였다. 이 일을 그만두거나 사명감을 버리고 돈벌이로만 일을 다니거나.

3-1) 고독사로 인한 마음의 어려움으로 심리 상담 치료를 시작하다.

계속 이어져 온 무력감이 새롭게 시작하는 일들을 기대하지 않게 했다. 그래서 그런지 새로운 한 해를 준비하는 시간도 그리 즐겁지 않았다.
어느 정도 사회생활의 경력이 생기니 순수한 마음으로 가득했던
모습은 사라진 채 요령껏 적당히 하는 것도 배우게 됐다.

사회생활을 하면서 마음에 생기는 상처와 업무적 어려움은
사명감을 낮추고 나 자신을 보호하고, 내가 할 수 있는 일이
아니라고, 그것은 내가 모두 책임질 수 없는 일이라고, 선을 긋게
했다.

심리 상담비는 가격이 비싸서 사비로 지급하기 부담스러웠는데
지자체에서 지원하는 사회복지기관종사자 심리지원사업이 시행되어
도움을 받게 되었다.

사회복지기관 종사자 심리지원은 총 600포인트가 '상담포유'
사이트로 제공되고 대면과 화상은 회당 100포인트, 카톡 상담은
회당 50포인트가 차감되는 방식으로 이용할 수 있다.

이 제도의 좋은 점은 소속된 회사에 따로 보고하지 않아도 된다는
점과 내가 상담센터를 선택하고 상담을 할 수 있다는 점이다.

단, 나는 근무 시간 내에 상담받기로 했기 때문에 상담을 어디서
받는지, 언제, 어떤 방법으로 받는지 기안 처리해야 하고, 때에
따라 근거 서류를 제출해야 할 수도 있다.

이 부분에 대해 내가 선택한 상담센터에 물어봤다.
"회사 근무 시간 중 가야 하는 거라서 근거 서류가 필요할 수도
있는데 증빙 서류가 있나요?"

상담사 선생님은 걱정 어린 말투로 "회사에서 상담해야 하는 상황은 아닌 거죠? 회사와 분리되고 편안한 장소에서 상담을 진행했으면 해요."라고 답해줬다.

코로나로 인해 화상 상담을 신청했는데 혹시나 편안하지 않은 환경에서 상담이 진행될까 봐 염려되는 듯했고, 증빙 서류가 필요하면 언제든 주신다고 했다.

나는 심리 상담을 받는 것에 큰 기대는 없었지만 여러 가지 의미가 있었다.

첫 번째는 회사에서 받는 나의 심적 어려움을,
개인 돈과 연차가 아닌 근무 시간 내 심리 상담을 받는다는 것이다.

두 번째는 블로그를 운영하면서 나와 같은 경험을 하신 사회복지사 선생님들께서, 심리 상담이 꽤 도움은 되었다는 말 때문에 용기를 낸 것이다.

한 번뿐인 인생인데 뭘 그리 버티고 참아 내고 꾸역꾸역 살아갈 이유가 있겠는가.

4) 정신과 진료를 받다.

중증 사례를 담당하게 되었을 때 부담이 되고, 내가 해결하지 못하는 그런 딜레마적 순간을 피하고 싶었다.

꾹꾹 눌러 담아왔던 마음이 터져버린 것을 알게 된 계기는 복지관 회의에서 죽음에 관해 이야기하다 울어버린 사건과 나를 오랜 시간 지켜본 상사 두 분이 나를 보고 무섭다고 이야기해 주었을 때였다.

나는 회의 시간만 되면 날이 서서 "사회복지사는 건강 사정을 못하나요?", " 기본적으로 할 건 해야 하는 거 아닌가요?"와 같은 발언을 해서 회의 분위기를 경직시키는가 하면, "더는 못해"라는 말을 늘 하고 지냈다.

내가 신뢰하는 상사 두 분의 말씀에 나를 돌아보는 계기가 되었고, 이것이 심리 상담으로 고칠 수 있는 게 아닌 정신과 치료를 받아야 함을 알게 되었다.

처음에는 '누가 회사에서 그렇게 에너지 100을 쓰라고 했냐.', '네가 100을 쓰고 와서는 왜 집에 와서 이러고 있어'라고 자책했는데, 생각해 보니 나는 회사에서 에너지를 100도 쓰지 않고 있었다.

효율적으로 일한다는 느낌은 전혀 들지 않았고 그냥 컴퓨터 앞에 앉아있는데 온종일 내가 뭘 하는지도 모르겠다.

누군가가 어떤 것이 힘드냐고 물어봐도 나는 날 선 반응을 보였다. "내가 어떤 게 힘든 줄 알았으면 이러고 있겠냐!", "어떤 게 힘든지도 지금 모르는 그런 상태야"라고 말이다.

나는 용기를 내서 정신과 의원에 방문했다. 정신과에 가는 동안 의사 선생님께 어떤 증상을 이야기해야 할지, 어떤 부분을 조금 도와달라고 할지 수많은 고민을 했다. 병원에는 조현병 환자가 한 분계셨다. 처음 들어가는 정신과에 두근거리는 마음으로 접수하러 갔다.

그런데, 주말은 예약제라 예약하지 않으면 진료를 할 수 없다는 것이다. 나는 그냥 감기에 걸리면 이비인후과에 가는 것처럼, 가면되는 줄 알았다. 가는 내내 떨리는 마음으로 용기 내어 들어갔던 정신과 진료 도전은 실패했다.
그대로 돌아 나오면서 괜히 심술이 났다. '다시는 안 갈 거야. 어차피 약만 받아서 나오려고 했었어. 나는 아프지 않아, 힘들 때 약먹으려고 했다고.' 그렇게 일주일이 지났다.

일하던 중 숨이 막히고 짜증이 났다. 그렇게 화낼 일도 아니었는데왜 이렇게 화가 났는지 의문이었다.
이내 다시 정신과에 가 봐야겠다고 생각했다. 그래서 연차를 내고정신과에 갔다. 의사 선생님은 두 달 정도 약물치료를 해보자고 했고 초기 약 조정을 위해 3~4일 간격으로 약을 조정했다. 약 복용한 달째가 됐을 때 나의 마음은 굉장히 편안했다.
'나는 예전에 이런 사람이었어'라는 생각하게 만든다. 우울증약을복용하고 효과가 있는 걸 보니 내가 그동안 마음이 아픈 상태였다는 것을 느끼게 되었다.

사회복지관에서 근무하거나 사람을 상대하는 업무의 종사자들은꽤 심리적 어려움을 겪을 것이다. 그럴 때 적극적으로 심리 상담도해보고, 정신과 진료도 받아봤으면 좋겠다.

지나고 나서 생각해 보니, 자기 자신은 자신이 지켜야 한다.
요즘은 무료로 심리 상담을 해주는 곳도 많고 정신과 약도 보험 적용이 되어 진료비 부담도 없으니, 자기 자신의 마음을 잘 지켰으면 좋겠다.

5) 업무 로테이션을 신청하다.

사례관리팀에서 복지서비스팀으로 업무 로테이션을 신청했다.
로테이션은 내가 직접 신청했고 팀장, 과장 면담과 같은 공식 절차를 밟아 진행되었다.
자주 꾸는 악몽을 통해 나는 나의 마음 상태를 좀 더 깊게 알게 되었기 때문이다.

가파른 산 = 가고 싶지 않은 길
목매달아 죽은 사람 = 두려움, 무서움
새벽 내내 직원들에게서 오는 전화 = 내가 해야 하는 일
구급대는 나를 도울 수 있는지 = 기관 내에선 도움을 받을 수 없음
퇴사 = 도망

휴일이었고, 복지관 직원들이 돌아가면서, 내 휴대전화로 전화를 걸었고, 내가 전화 받는 것을 피하자, 받을 때까지 전화한다. 휴대전화 화면에 부재중이라는 메시지가 수십 건 찍힌 후, 결국 전화를 받았다. 무슨 일 있냐고 묻는 나에게 직원이 말한다. " 누군가가 산 정상에서 목매달아 죽었는데, 그 사람을 주임님이 데리고 와야 해요." 결국, 나는 119에 신고하라는 말을 전했고, 퇴사하게 되는

꿈이었다. 온몸이 식은땀에 젖은 채 잠에서 깼고 나는 한동안 멍하니 침대에 누워 있었다.

누군가의 삶에 깊게 개입하는 사례관리팀에서 어르신 사례관리를 도맡아 어르신이 사망해야 종결되는 업무이다.

상처받고 두려움에, 이 모든 일이 자신의 몫이라는 결론이 나자 나의 방어기제가 발동했다.

'내가 하지 않아도, 내가 직면하지 않아도 여기는 복지관이고 모두가 사회복지사이므로 누군가는 이 일을 할 거야.'
그렇게 하나씩 거리를 두기 시작했다. 밥을 먹는 동안에도 사망 건이나, 고독사가 의심되는 대상이 있으면 직원들이 나를 찾아왔지만, 나는 외면했다. 놀라운 것은 내가 하지 않아도 다른 사람이 그 일을 하더라는 것이다.

그 이후에 나는 과도하게 애를 쓰지 않기로 했다. 마음의 부담을 줄이기 위해서 서비스 업무로 로테이션해야 했다.
죄책감과 후회를 줄이고 서비스 연계 위주로 얕은 수준의 개입을 하기로 했다.

물론 서비스팀으로 가더라도 완전히 서비스 업무만 하긴 어렵다. 하지만 반 정도의 마음 부담을 덜고 일하다 보면 다시 회복되지 않겠나 하는 기대가 있었다.

어찌 보면 로테이션은 내가 쓸 수 있는 마지막 카드였다.

그러니 퇴사하고 싶거든 이 업무가 나한테 안 맞는 것인지, 이 기관이 나한테 안 맞는 것인지 분류해서 생각해 보길 바란다.

업무가 맞지 않는다면 공식적인 절차를 밟아 로테이션을 신청하고 기관이 나와 맞지 않는다면 그냥 퇴사하는 게 맞다고 생각한다.

5-1) 업무 로테이션 그 후

복지서비스 팀으로 로테이션이 되었다.

사례관리팀에 있을 때도 했던 보건 의료사업은 그대로 가져왔고, 월계커뮤니티(지역사회통합 돌봄) 사업만 추가됐기 때문에 사업의 큰 변화가 있는 건 아니었다.

함께 일하는 팀원이 바뀌니 팀의 분위기가 달라졌다. 가장 크게 달라진 점은 마음의 부담감이 줄었다는 것이다.

우선 민관협력 사례 회의나 관내 사례 회의에 적인 사례만 봐도 정신 장애, 치매, 파산, 폭력 등 사례의 내용이 너무 심란해서 가슴이 답답하고 숨을 쉬지 못할 정도였다.

지금은 그런 사례를 담당하지 않아서 마음의 짐은 적다. 사례관리라는 업무가 사회복지사로서의 전문성을 근거로 하고 내가 모든 것을 할 수 없다고 이야기하지만, 사례관리를 해본 사람이라면 안다. 특히 보호자가 없는 수급 어르신이 많은 우리 지역의 특성상 사회복지사가 보호자에 따르는 역할을 해야 한다.

서비스팀으로 와보니, 이곳 역시 다양한 민원은 존재한다. 그렇지만 확실히, 민원의 강도가 사례관리팀보다는 덜하다. 폭언을 듣더라도 신뢰감 형성을 해야 하는 대상에게 듣는 폭언이 아니기 때문이다.

상담사는 8년 차 정도면 했던 사업을 편하게 그대로 유지하려는 매너리즘에 빠질 때가 많은데, 나더러 이 연차에 로테이션하고 새로운 사업을 한다고 하는 거 보면 이런 모습이 나의 강점이라고 말씀해 주셨다.

하지만 이전처럼 일하는 것이 재밌다고 느껴지진 않았다.
그냥 주어진 바 폐를 끼치지 않을 정도로 내 역할을 해내고 있을 뿐이었다. 복지관에서는 그럭저럭 에너지를 끌어올려 일했지만, 집에 오는 순간 무기력하고 잠만 자고 싶었다.

말을 하고 싶지 않았으며 누군가 재미있는 이야기를 하면 온 힘을 끌어올려 잠시 웃지만 이내 얼굴 근육 전체가 무겁게 내려앉았다. 좁은 공간에서, 많은 사람이 모여 회의하는 순간이나 차가 꽉 막혀 움직이지 못할 때 좁은 차 안에서 숨이 막혀 숨을 쉬지 못했다.

생각해 보면 스스로 통제할 수 없다고 느끼는 상황에서 그런 증상이 많았다. 처음에는 마스크를 써서 숨이 찬 줄 알았는데, 퇴근 후 운전하고 집에 가는 동안에도 숨이 찼고, 이후에도 몇 번을 경험했다.

마음이 힘들어서 퇴사를 생각하다 나는 사례관리 일을 잠시 내려 놓기로 했다. 그리하여 로테이션을 요청한 것이다. 조금만 더 버텨 보기로 했다.

6) 무급 휴직 - 한 달 동안 백수가 되어보기로 했다.

정신과 치료를 받은 지 몇 달이 지나고, 약물의 효과가 좋아서 마음이 편안한 상태로 근무를 할 수 있었다. 그러던 어느 날, 갑자기 근무 중 멍하게 모니터를 쳐다보고 있었다. 방문하는 어르신의 인사말에 반응은 하지만 누가 다녀갔는지, 뭐라고 말씀하셨는지 기억하지 못하고 다시 멍해졌다.

나는 갑자기 불안감이 몰려왔다. 처음 증상이 있을 때는 정신과 약을 먹은 뒤 심리적 안정이 찾아왔기 때문에 회복이 되어 가는 줄로만 알았다. 그런데 다시 증상이 나타나자 나는 그것을 이겨내지 못할 것 같은 불안감이 극에 달했다.

앞으로 이 일을 다시 하지 못할 것 같은 공포감을 느꼈다…. 불안한 마음에 당일 연차를 쓰고 정신과에 갔다. 약을 바꿔서 이 증상을 바로 없애 버리고 싶었다.

"저 그곳에서 진료받는 김정은이라고 하는데요. 오늘 당일 진료하나요?"
다급하게 병원에 전화를 걸었고, 정신과에서는 무슨 일인지 그리고 증상은 어떤지를 물어보았다. 그리고 현재 먹는 약을 모두 가져오라고 말했다.

집에 도착해서 현재 먹는 약을 모두 가지고 서둘러 병원으로 갔다.

의사 선생님을 보자마자. "제가 지금 당일 연차를 써서 오게 됐는데요! 아무래도 약을 바꿔야 할 것 같아요! 아무것도 못 하겠어요. 멍하고 두렵고 심장이 두근거려요."

잔뜩 겁먹은 채 말하는 나를 보고 의사 선생님은 편안한 표정으로 괜찮다고 말씀해 주셨다. 의사 선생님은 두 달 정도는 먹어야 효과가 나타나는 약이라며 조금만 더 먹어 보자고 하셨다.

다음날 출근해서 팀장님에게 한 달간 무급 휴직을 요청드렸다.
이 일을 너무 하고 싶은데, 그것을 유지하기에 현재 제 건강 상태가 뒷받침되지 않는다고 말씀드렸다.

일하면서 심리 상담을 받고, 정신과 약물치료를 병행하고,
업무 로테이션도 하고, 일과 병행할 방법을 다 써봤는데,
회복이 되질 않아, 잠시 쉬어가며 나에게 집중하고 싶다고 말씀드렸다.

그렇게 나는 팀장님과 과장님 관장님의 면담을 통해 무급 휴직이 결정되었다.

7) 한 달 무급 휴직 그 후

한 달간의 무급 휴직은 나에게 많은 깨달음을 준 시간이었다.

글을 써야 생각해요. 아무 생각 없이 사는 삶이 돼요.
글을 쓰면서 스스로 위로하고요. 자신감도 얻고 일상을 살아가
는 에너지가 되죠.

자기가 관심 있는 분야의 글을 쓰게 되거든요. 무언가에 대해
글을 쓴다는 것은 자기 주제가 있는 사람이 되는 거예요. 자기
정체성이 만들어지고 내가 세상과 싸워 이겨 나갈 나만의 콘
텐츠, 무기 경쟁력이 생기는 거죠.

> 그런 게 있는 사람과 없는 사람은 삶의 질이 달라진다고 생각
> 합니다.
>
> 결국은 마지막에는 '어떤 사람'으로 남죠
> 어디에 다녔던 사람? 어떤 직위에 올라갔던 사람? 그런 게 별
> 로 의미 없는 시대라고 생각합니다. 무언가를 좋아했던 사람,
> 무언가에 관심이 있던 사람, 무언가에 미쳤던 사람, 그거 하나
> 는 정말 잘했던 사람, 이렇게 남는 게 인생에서 의미가 있죠

출처:ttps://www.youtube.com/watch?v=_eYiznNcJoM(세바시-
강원국 작가 강연)

우연히 보게 된 한 영상의 문구가 마음속 깊이 들어왔다.
세상과 싸워 이겨 나갈 나만의 무기는 무엇일까? 나는 복지관 주
임인데, 무엇을 잘하고, 무엇에 관심이 있는 사람일까? 어떤 사람
으로 남을 것인가에 대해 고민했다.

정신과 진료 중 선생님이 나에게 묻는다.
"그 일이 너무 힘들면 (고독사 현장을 목격하는 일)을 그만하면 되
지 않나요?"

속으로 " 나보고 일을 그만두라니. 그게 그렇게 쉽나?"
조금은 화가 난 채 씩씩거리며 집으로 돌아왔다.

그리고 다음 날 심리상담사가 묻는다.
"제가 볼 땐 선생님이 너무 힘들어 보여요. 그런데, 정신과를 다니
고, 심리 상담을 받고, 업무 로테이션을 신청하고, 무급 휴직까지
하면서 이 일을 계속하려는 이유가 무엇인가요?"

....
나는 아무 대답도 하지 못했다.
"그러게요……. 의사 선생님의 말씀처럼 힘들면 그만하면 되는데, 저는 왜 이일을 이렇게까지 하려는 걸까요?. 저는 휴직이 끝나도 현장으로 돌아가고 싶어요."

10회기의 심리 상담을 통해, 드디어 나는 이 일을 계속하려는 이유를 알게 되었다.

"선생님은 사람이라면 지위와 상관없이, 누구나 사람답게 죽음을 맞이해야 한다는 생각을 가지고 계시네요. 그리고 지금까지 그 일에 사명감을 가지고 일하셨네요"
그렇다. 바로 그것이었다.

상담을 통해 나의 어린 시절을 돌아보니, 우리 할머니는 교통사고로 사망하셨다. 9명 정도의 사상자를 낸 큰 사건이다. 마을 할머니들 여럿이 모여, 경기도 이천으로 한방치료를 받으러 가다가

운전사의 졸음운전으로 앞차를 들이받았는데, 하필이면 그 차가 전봇대 두 개를 싣고 가는 대형 화물 차였다. 결국, 전봇대가 마을 할머니들이 탄 차를 관통해 버렸다.

나는 사망한 할머니의 얼굴을 직접 보지 못했다. 당시 내가 너무 어렸기 때문이다. 아빠와 엄마가 할머니의 얼굴을 보고 오셨는데, 사무치게 울던 아빠와 엄마의 모습이 선명하다. 할머니의 얼굴이 알아볼 수 없을 정도로 일그러지셨다고 전해 들었다.

어느 자식이 부모의 마지막 모습이 저렇게 처참할 것이라고 예상

이나 했겠는가.
더군다나 우리 할머니의 사고일은 바로 어버이날 다음 날이다.

할머니 집에 모여 맛있는 음식을 먹었고, 할머니가 인절미를 직접 만들어 주셨던 기억이 난다. 그리고 차를 타고 집으로 돌아가는 창문 사이로 할머니가 나에게 용돈을 툭 던져주셨다.

할머니가 돌아가신 후 우리 가족에게는 참 많은 변화가 생겼다. 할아버지가 시골에 혼자 계셔야 했기 때문에, 우리 가족이 할아버지를 모시고 살기로 했다. 그래서 급하게 다른 지역으로 이사를 해야 했다.

나는 아직 할머니를 마음속에서 보내지 못했다. 고생만 하다 돌아가신 할머니를 생각하면 마음이 아팠다.
그 아픈 마음을 가지고 살다 보니, 때때로 인절미를 만들어 주던 할머니에게 내일 어디 가시느냐고 한 번만 물어볼 걸, 그러면 내가 그 끔찍한 사고를 막을 수도 있지 않았냐고 생각했다. 죄책감의 화살이 나에게 향해 있었다.

상담사가 "그것은 선생님의 잘못이 아니에요."라고 듣는 순간 그냥 책상에 엎드려 울어버렸다. 할머니가 돌아가신 지 23년 만에 나는 나의 죄책감을 그렇게 내려놓았다.

 사회복지 현장에서 일하다 보니 처참하게 돌아가신 어르신들을 볼 때마다 나의 치유되지 않았던 마음이 그대로 올라왔다.

"000 할머니가 연락이 안 돼요."라고 들으면, 연락되지 않는 할머니의 집으로 무작정 달리고, 제발 살아만 계셔라. 숨이 차게 뛰어

갔다.

 내가 이곳에 8년을 근무하면서 많은 사망 건을 목격했지만, 살아 계신 경우는 단 2건뿐이다.

그렇다. 나는 내가 힘든 이유의 정답을 찾을 때까지 꽤 오랜 시간이 걸렸다.

" 저는 고독사 자체가 힘들어요"
" 저는 저와 관계를 맺은 사람의 죽음을 보는 것이 힘들어요"
" 저는 그냥 사례관리가 저와 맞지 않는 것 같아요"

나는 돌아가신 모습이 처참할 때,
어르신의 돌아가신 표정이 너무 괴로울 때,
혹은 오래 방치되어, 섞은 채로 발견될 때, 유독 힘들어했다.
정답을 알게 되니, 조금은 마음이 후련해졌다.

무급 휴직 기간엔 매일 만 보 걷기를 했다.
체력이 약하다고 느꼈기 때문이다.

생각해 보니 나는 그릇이 아주 작은 사람이었다.
그런데 연차가 쌓이니, 사업량도 많아지고 중간리더의 역할도 해야 했으며, 여러 강의 제안도 있었고, 마지막으로 나는 워킹맘이었다.
그것을 모두 담지 못해 힘든 것을 알게 되었다.

그래서 업무 복직 후에도 나는 점심시간을 이용해 매일 등산로를 오르고 내려온다.
체력이 강해야 지금의 일들을 모두 견딜 수 있다고 생각했기 때문이다.

업무 중에 지치고 힘들 땐 조용히 3층 옥상으로 올라간다. 그리고 그곳에 앉아 조용히 밖의 풍경을 보며 쉬어간다.

삶의 밑바닥에 앉아 생각해 보니, 앞으로도 나는 수없이 좌절할 테지만, 다시 일어날 힘을 기르게 되었다. 다시 한번 나에게 이런 소중한 시간을 준 기관에 감사하다.

10장. 퇴사 전 한 번만
생각해 보자

1) 내가 이 일을 왜 하는가?

세상에서 가장 중요한 것은 자기 자신인데, 자기 자신을 아프게 하면서까지 이 일을 계속할 이유는 없다.

갑작스러운 할머니의 사망으로 자연스럽게 부모님은 변화된 환경에 가정을 이끌어가기에, 정신없이 바쁜 나날을 보내셨고 나는 그렇게 초등학교 5학년부터 돌봄을 받지 못하고 알아서 잘 성장해왔다.

그냥 알아서 잘 성장해 온 자랑스러운 딸 말이다. 그런데 거기까지, 했으면 될 일을 할아버지를 모시고 사는 동안, 잘하니, 못하니 하는 평가를 듣거나, 명절에 혼자 음식을 하느라 엄마가 고생하는 모습을 보면, 나는 마음이 좁아서 그런지 참고 지나가지 못했다.

잘하니 못하니 하는 소리를 들으면, " 엄마는 왜, 아빠는 왜 아무 말 하지 않아?"라며 부모님에게 물었다. 그럴 때마다 부모님은 집안의 맏이는 모든 걸 포용해야 한다고 말했다.

나는 그런 부모님의 말씀이 이해되지 않았다.
그래서 그때부터 내가 부모님을 보호해야겠다고 생각했다.
누가 부모님에게 안 좋은 말을 하거나 느낌이 보일 때, 나는 어른들에게 맹렬한 논리를 들어 따지고 들곤 했다.

그것은 어린 자녀가 부모를 보호하려는 행동이었다.
부모가 자녀를 보호해야 하는데, 나는 부모를 보호하려 했다.
부모님의 힘겨운 모습이, 내 마음을 힘들게 했기 때문이다.

그래서 상담사는 나보고 누군가를 평생 보호하고 돌보면서 살아왔다고 하셨다.

처음에는 이렇게 이기적으로 살아온 내가? 라고 생각했지만 ,
상담을 거듭 진행하면서, 내가 중학교 1학년 때부터 간호사라는 직업을 선택한 것도, 그리고 사회복지관으로 와서 어려운 분들을 돕고 보호하는 것도 연관 선상에 있다는 것을 알게 되었다.

문제는 병원에서 환자들을 돌볼 때는, 같은 시간대 많은 간호사와 함께였고, 환자가 임종을 맞이할 때는 사랑하는 가족이 귀에 대고 사랑한다고 말해주며 돌아가시는 모습만 봐왔는데,

지역사회로 나온 뒤로는 가정에서 처참히 돌아가신 어르신들을 보았을 때, 그것이 남들보다는 조금 과하게 나를 힘들게 했다.
그리고 뒤이어 죄책감이 따라붙었다.

이것은 그냥 일일 뿐이야, 내가 모든 것을 다할 순 없어,
나는 최선을 다했어라고 말하며 조금 부담을 낮추면 되었지만
나는 매 순간 진심이었고, 매 순간이 아팠다.

할아버지를 모시고 살게 되면서 부모님이 할아버지에게 얼마나 최선을 다해왔는지를 눈으로 보고 자랐다.

어른을 대할 때는 어떻게 대해야 하는지, 자녀가 부모를 어떻게 보호하는지, 무엇이 도리인지에 대해서 말이다.

어릴 때부터 할아버지는 알코올 중독 환자였다. 그렇지만 엄마는 할아버지의 식사 단 한 번도 안 챙긴 적이 없다.

우리 가족은 어딜 나가더라도, 할아버지의 식사를 챙겨드리기 위해 식사 시간에는 늘 귀가했다.

할아버지는 매일 술을 드시고 용변 실수를 하셨다. 바닥이 늘 지저분해졌고, 이불과 속옷에는 대소변이 흥건하게 묻어있었다.
우리는 그것을 묵묵히 치웠다.

할아버지가 알코올성 치매와 만성 폐쇄성 호흡기질환으로 임종이 다가오실 무렵, 엄마는 할아버지의 병실 옆에서 간이침대를 두고 오랜 기간 병간호하셨다. 그러다 허리질환이 악화 되셨다.

그런 할아버지가 집으로 가고 싶다고 했다. 임종을 얼마 남지 않은 시점. 할아버지는 말씀하시기도 어려운 상태인데도 침대 식탁에 엎드려 간신히 목을 들어, 나와 엄마에게, "우리 집으로 가자"라고 말씀하셨다.
나는 그런 할아버지의 모습이 마음이 아파, 집에 돌아오는 버스 안에서 참 많이 울었다.

우리 할아버지는 우리 집을 참 좋아했다. 현관 옆 의자를 두고 사람들이 오고 가는 모습을 보는 것을 좋아했다.

며칠 뒤 부모님은 할아버지의 마지막 소원을 들어드리기 위해 산소호흡기 그리고 전동 침대, 모든 만반의 준비해 할아버지가 그토록 오고 싶었던 집으로 모시고 오셨다.

그리고 밤낮으로 할아버지를 집에서 돌봤다. 임종 직전의 할아버지를 돌보는 일은 생각보다 쉽지 않다. 그런데 최선을 다하셨다.
할아버지의 소원이 집에서 돌아가시고 싶었기 때문이다.

할아버지의 임종이 다가올 무렵, 더는 집에서 음식을 드실 수 없는 상황이 되었을 때, 부모님은 어렵게 요양병원으로 입원하셨고 며칠 뒤 돌아가셨다.

부모님은 할아버지를 요양병원에서 돌아가시게 했다는 것에 꽤 오래 죄책감을 느끼셨다. 돌아가신 후에도 내가 봤을 땐 충분히 최선을 다하였지만, 두고두고 할아버지에 대해 죄책감을 느끼고 사셨다.

심리 상담 선생님께서 알려주셨다. 그런 부모님 아래에서 자랐기 때문에,

"어른을 어떻게 대해야 하는지, 자녀가 부모를 어떻게 돌봐야 하는지를 보고 배웠고, 그 태도가 지역사회에서 선입견 없이 아무리 나쁜 사람이더라도 최선을 다해 도와야 한다는 것으로 발현된다고 말이다."

그렇다. 내가 이 일을 하는 이유, 그리고 사람답게 임종을 맞이하지 못한 수많은 어르신의 얼굴을 보며 힘들어하는 이유
나는 내가 일하는 이유에 대해 명확히 알게 되었다.

내가 이 일을 왜 하는지 반드시 생각해 보는 시간이 있었으면 좋겠다. 이 일을 해야 하는 이유를 알아야 내가 앞으로 나가야 할 방향이 설정되기 때문이다.

2) 이 직장을 다녀야 하는 이유는 무엇인가?

그렇다면 나는 이 직장을 왜 이렇게 다니려 할까?
다른 복지관에 가더라도 어차피 시스템은 비슷할 텐데 말이다. 그
래서 진지하게 다시 고민해봤다. 나는 이곳이 왜 이렇게 좋을까에
대해서 말이다.

첫 번째는, 우리 직장에는 내가 존경하는 두 분의 리더가 있다. 바
로 관장님과 부장님인데, 관장님은 경력이 30년이 넘는 베테랑 사
회복지사이지만, 현장 실무에서 전혀 동떨어지지 않는 슈퍼비전을
주시고, 나의 자아실현을 진심으로 응원해주신다. 팀장-과장- 부장
이 되면서 점점 지역주민을 직접 만날 일이 적게 되고, 그러다 보
면 자연스럽게 현장의 감각을 잃게 된다. 그런데, 코로나가 대유행
을 부릴 때였다.

관장님께서 우리 영구임대주택 단지에 코로나에 걸린 분들에게 긴
급구호 꾸러미를 제공하는 사업을 기획하시고 업무지시를 내릴 때
나는 관장님의 표정을 보았다.
내가 이일이 정말 지역주민에게 도움이 된다고 느낄 때 나오는 아
주 흥미로운 표정, 관장님은 아주 즐거워하셨다.
저런 관장님 아래에서 내가 배울 수 있다는 게 감사했다.

부장님은 내가 입사했을 때, 나의 복지서비스 팀장님이셨다.
융통성이라고는 전혀 없는, 완벽주의인 나를 지금의 나로 성장시키
신 분이다. 틀에 박힌 대로, 매뉴얼대로 하던 일의 습관을 질문 하
나로 산산조각을 내기도 하고, 생각하게 하셨다. 지금은 부장님이
되셨고, 나는 복지서비스팀의 주임이라 이전처럼 긴밀하지 않지만,
여전히 나는 힘들 때면 부장님을 찾아간다. 그러면 부장님은 언제

나 시간을 내주시고 나를 지지해주신다.

직장에서 두 분의 리더는 나의 성장을 그리고 나의 행복을 진심으로 응원해주신다. 나는 그래서 이 직장에 다녀야겠다고 생각했다. 사회복지 현장은 어느 리더를 만나냐에 따라 성장의 방향이 달라진다고 생각한다. 그런데, 훌륭한 리더 두 분이 계신 이곳에서 내가 그만둘 이유는 없었다.

3) 이 직장이 싫은가/ 이 업무가 싫은가?

직장인들의 대부분은 다양한 이유로 퇴사를 고민한다. 나 또한 사회복지관 근무 8년 차 무렵, 퇴사를 진지하게 고민했다.

무거운 내용을 가진 사례를 함께 논의하고 하는 자리.
참 의미 있는 자리인데, 캄캄한 터널을 속에서 정답 없는 길을 찾는 것처럼 가슴이 답답해져 왔다.

그런 나를 보호하기 위해서 나는 사례 회의에 집중하지 않고 큰 숨을 몰아쉬며 회의가 빨리 끝나기를 바랐다.

또 타 팀에서 사례관리를 해야 할 것 같다는 의뢰를 받으면,
기를 쓰고 사례를 맡지 않기 위해 애를 썼다.
그런 내 모습을 객관적으로 들여다보는 순간 나는 이제 그만해야겠다고 생각했다.

사회복지를 하는 이곳에서 나는 이곳에 도움이 되지 않고, 나에게도 도움이 되지 않는다는 판단이 들었기 때문이다.

그러던 중 퇴근 후 남편과 술 한잔하며 직장의 힘듦을 이야기하다 남편의 한마디가 내 생각을 바꾸게 했다.

"정은아 너는 이 일을 할 때 엄청나게 즐거워했어. "
남편의 말에 잠시 말을 이어 나가지 못했다.

내가 그랬구나. 돈이 중요하지 않았지. 그래 나는 그저 이일을 너무 좋아했었지. 그런데 나는 무엇 때문에 그만두려 하는 걸까에 대해 다시 생각해 보기로 했다.
퇴사하려면 나는 이 직장이 싫어야 한다.
이 직장에 더 이상 기대하는 바가 없어야 했다.

그런데, 나는 퇴사를 한다고 하더라도 복지와 관련된 일 계속하고 싶었다.
직장은 아무런 죄가 없었다. 직장은 내가 입사할 때와 같이 여전히 그대로였다. 단지 내가 지쳐있었다.
퇴사하지 않기로 했다. 결론은 나는 이 업무가 힘들 뿐 이 직장이 싫지는 않았기 때문이다. 그래서 업무 로테이션을 신청했고 나는 이 직장에 여전히 남아있다.

4) 나는 이 업무를 통해 성장할 수 있는가?

대학병원 5년 차, 그리고 복지관 8년 차 총 13년의 직장 생활하다 보니, 하루하루를 버티는 삶에서 내 인생을 길게 보고 나는 지금 잘살고 있는지를 점검하게 된다.

하루 대부분을 직장에서 시간을 보내는데, 이 시간이 그저 버티는 삶으로 끝나버린다면, 나는 그것이 참 안타깝다고 생각한다. 내가 하는 이 업무를 계속하게 되면 나는 어떤 사람이 되어 있을까. 그리고 5년 뒤 10년 뒤 나의 모습은 어떻게 될까 한 번쯤은 생각해보면 좋겠다.

나는 이제 사회복지업무 8년 차가 되었고 병원 근무 경력과 복지경험이 합쳐서 나만의 경력을 만들어가는 중이다.

직장에서만 인정받는 사람이 아닌, 그 사람 자체로서 자기 일하면서 성장하는 방향으로 되었으면 좋겠다.

11장. 복지

서울시 종합사회복지관 기준

1) 복지관 근무 시간

복지관 근무 시간은 8시 30분부터 17시 30분(8시간)까지다. 그 외 부가적으로 해야 하는 당직 업무가 있는데, 복지관 취업을 고려 중이신 분들이라면 개인 일정과 당직 근무를 할 수도 있으므로 알아두면 좋다.

2) 급여

매년 1월이 되면 총무팀에서 급여 표를 배부해 준다. 서울시 소재 종합사회복지관의 경우, 서울시 사회복지시설 종사자 인건비 지급기준에 의해 급여가 지급된다.

나의 급여 테이블은 세후 급여로 280만 원에서 290만 원 정도이다. 나는 당직 근무 외 여간 근로하지 않기 때문에 10시간 기준 22만 원은 받지 않는다.

급여 체계를 잘 이해하지 못한 간호사 선생님들은 사회복지관이라면 무조건 월급이 적다고 말씀하시지만, 호봉이 낮거나 승진되지 못한 경우라고 생각하면 된다.
어느 직장이나 자신이 일한 만큼 인정받고 그에 따른 급여를 받아야 한다고 생각한다. 나는 복지관에서 근무하는 간호사 선생님들이 자기 능력을 마음껏 그리고 즐겁게 오래오래 근속하셨으면 좋겠다.

병원 근무가 나에게 잘 맞지 않는다면 버티는 것이 아닌 자기 적성에 맞는 직종을 찾는 것을 추천한다. 임상에서 활활 타고 자존감이 무너지고 어딜 가도 일을 제대로 못 하는 사람이라는 생각이 들겠지만, 그곳(병원)이 나와 맞지 않는 곳일 뿐 나 자신이 그렇게 쓸모없는 사람은 아니다! 임상에서 힘들어 퇴사를 고민 중인 선생님들께 작은 응원의 메시지를 전해 본다!

3) 야간 당직과 점심 당직 토요 당직

야간 당직

근무 시간 : 17:30 ~ 20:30(3시간)

시간외근무수당 : 연장 근로 시간 × 통상 임금(기본급 + 식대) × 1/209 × 1.5

(1인당 월 15시간, 연 120시간을 초과할 수 없음.)

나의 경우 6시간 기준 12만 원 정도

당직 주기: 월 2~3회

하는 업무 : 직원들 퇴근 후 복지관 폐문/오후 프로그램 응대/ 직원들 업무 인계

- 당직은 월 단위로 공지
- 복지관의 근무 시간은 기관마다 조금씩 차이가 있지만, 8:30~17:30분(8시간) 근무를 하고 있다.
- 안전상의 이유로 2인 체제로 운영
- 당직은 직원 간 변경이 가능하므로 개인 일정이 있다면 상호 협의로 변경 가능.

토요 당직
근무 시간: 8:30~15:00(6시간) - 점심 휴식 시간 1시간 포함

시간외근무수당: 연장 근로 시간 × 통상 임금 (기본급 + 식대) × 1/209 × 1.5
 (1인당 월 15시간, 연 120시간을 초과할 수 없음.)
나의 경우 6시간 기준 12만 원 정도
당직 주기: 3개월에 1번 정도

하는 업무: 토요 개방 프로그램에 관한 내용을 직원들에게 인계받아 업무 수행/복지관 폐문

우리 기관의 경우 상·하반기 희망자를 받아 토요 근무를 희망하는 사람이 분기에 당직할 수 있도록 한다.

점심 당직

근무 시간: 12:30~13:30 (1시간)
당직 주기: 월 1회
당직 근무 후 휴식 시간: 13:30~14:15
하는 업무: 점심시간 동안 이용자 응대
- 당직 근무자 1인은 12시 15분에 점심 후 사무실 당직 근무
수행
- 이후 휴식 시간을 가진 뒤 업무에 복귀

복지관 운영 방식에 따라 당직의 주기와 방법은 차이가 있으므로 입사하고자 하는 기관에 확인하는 것을 권유한다.

나 또한 복지관 취업을 준비할 때 토요 당직, 평일 당직, 점심 당직이 있는 줄 모르고 지원했던 기억이 있다. 당시 나는 간호대학원 (야간) 진학 준비를 하고 있어서 평일 당직과 토요 당직이 있는 걸 알았다면 아마 복지관으로 지원하지 않았을지도 모른다.

아마 아기를 키우시는 간호사 선생님들은 당직 근무가 많으면 지원하기 부담이 될 것이다. 하지만 나는 당직 근무를 모두 해내며 대학원을 졸업하고 아이까지 키웠다. 나도 해냈으니 다른 사람들도 충분히 가능한 일이라고 생각한다.

만약 대학원을 진학했다면 복지관에 이를 통보하고 수업 일정을 제외한 당직 근무표를 배치받을 수 있다.

아이가 신경 쓰인다면 한 달 전에 당직 근무표가 공지되기 때문에
아이 돌봄 서비스와 같은 제도를 미리 준비하고 어쩔 수 없는 상
황이면 다른 직원과 당직 일정을 바꿀 수 있다. 또 하나, 당직 근
무를 수당으로 받을 수도 있지만, 시
간이 부족한 사람은 보상 휴무로 활용할 수 있다.

6시간 당직 근무를 한다면 6시간 곱하기 1.5시간을 한 9시간을
쉴 수 있다. 하루하고도 다음 날 1시간 늦게 출근하는 것이 가능
하다. 나는 개인적으로 당직 근무 수당을 포기하고 보상 휴무를 잘
활용하는 편이다.

4) 한 달에 며칠 쉬는지 휴가는 몇 개인지

복지 /한 달에 며칠 쉬는지 휴가는 몇 개인지

*1년 이상 근무자 15일
*3년 이상 근무자 16일
*5년 이상 근무자 17일
7년 이상 근무자 18일
*9년 이상 근무자 19일
*11년 이상 근무자 20일
*13년 이상 근무자 21일
*15년 이상 근무자 22일
*17년 이상 근무자 23일
*19년 이상 근무자 24일
*21년 이상 근무자 25일

연차의 개수는 근속 기간에 따라 달라진다. 근속 기간이 늘어남에 따라 1개의 연차휴가일 수가 늘어나는 구조이다.

반일 사용 기준

오전 반일 8:30~12:30

오후 반일 13:30~17:30

1/4년 차 사용 기준

8:30~10:30

10:30~12:30

13:30~15:30

15:30~17:30

그렇다면 연차 분할 사용 방법은 어떻게 될까? 1개의 연차는 1/4 로 쪼개어 사용할 수도 있고, 1/2로 쓸 수도 있다. 1/4년 차는 1 개의 연차를 모두 쓸 필요는 없고, 잠시 연차를 사용해야 할 때 유용하게 쓰고 있다. 예를 들어 회사 근처 병원을 잠시 다녀온다거나, 아이를 하원 시킬 사람이 부재일 때 사용하고 있다.

연차 사용은 조직 운영과 팀 운영 그리고 사업 운영에 지장 없는 선에서 자유롭게 사용할 수 있고 보통 팀장에게 말로 보고한 뒤 기안 작성 뒤 연차를 사용한다. 병원 시스템과는 달리 연차는 개인 사유에 맞춰 자유롭게 쓸 수 있다. 이 말은 근무표에 내 삶을 맞추는 것이 아니라, 내가 주체적으로 나의 근무표를 만들어 갈 수 있다는 것이다.

나의 경우를 예로 들자면 아침 일찍 아이를 어린이집으로 등원시키고 출근하려던 찰나 아이가 넘어져 화단 돌부리에 눈썹이 찍혔다.
피부가 찢어지고 출혈이 심했다. 24개월 미만의 아기라서 상처를 봉합하려면 수면 마취가 필요했다. 치료를 위해 3차 병원 응급실로 가야 했기 때문에 정상 출근을 하지 못했다. 이런 경우에는 부서장에게 말로 보고한 뒤 회사에 복귀하여 사후 기안 작성하면 된다. 작년 한 해는 나의 모든 연차를 아이를 위해 사용했다

5) 내가 생각하는 이 직업 최고의 복지 12개

1) 3교대 근무하지 않아도 된다.

복지관 간호사는 생체리듬이 깨질 일이 없다. 매일 아침 같은 시간 눈을 뜨고 비슷한 시간 용변을 본다.

2) 물을 자유롭게 마실 수 있다.

병원 근무를 하면서 물 한 모금 못 마시고 일하던 때가 있었다. 당연히 소변도 농축뇨이다. 거짓 하나 없이 물 마실 시간조차 없었는데 지금은 커피며 물이며 자유롭게 마실 수 있다.

3) 화장실을 자유롭게 갈 수 있다.

병원 근무를 할 때 화장실에 갈 시간조차 없어서 소변을 많이 참았고 생리대는 오버나이트를 사용하기도 했다. 간호사들이 방광염에 자주 걸리는 건 이유가 있다. 다행히 여기선 화장실을 자유롭게 갈 수 있다

4) 점심시간이 보장된다.

대학병원 간호사 시절과 달리 여기서는 12시 30분에서 13시 30분간 온전히 마음 편하게 식사하고 차 한잔 마실 정도의 여유가 있다.

5) 남들 쉴 때 쉬고, 일할 때 일한다.

남들 퇴근하는 캄캄한 밤에 완전한 메이크업을 하고 출근하던 시절과 새벽 5시, 해가 뜨지 않은 아침, 눈 비비며 출근하던 간호사라면 모두 공감할 것이다. 여기서는 공휴일 모두 쉰다. 즉 크리스마스를 즐길 수 있고 새해를 느낄 수 있다.

6) 주도적으로 일할 수 있다.

대학병원의 간호사는 의사의 오더에 따라 움직인다. 하지만 지역사회 간호사는 주민에 따라 주도적으로 사업을 운영할 수 있다. 매초 단위로 일하던 병원과 달리 연 위로 일하기 때문에 업무량 조절이 가능하다.

7) 연차를 자유롭게 쓴다.

수간호사가 짜는 근무표가 아닌 나의 일정표에 맞춰 자유로운 휴가 사용이 가능하다.

8) 출산·육아 휴직과 임신 중 단축 근로를 할 수 있다.

여성으로서 누려야 할 권리를 눈치 보지 않고 모두 누릴 수 있다. 나도 아이를 낳고 올해 9월 모든 복지를 사용했다.

9) 긴급 연차 사용 가능

아기를 키우는 엄마는 공감할 것이다. 아기가 갑자기 아파서 출근을 못 하거나 가 봐야 할 때 긴급 연차 사용이 가능하고 1일의 연차를 1/4로 쪼개 2시간 단위의 연차 사용도 가능하다.

10) 장기근속 휴가가 있다.

서울시 소관 시설 5년 이상 장기근속자는 근속 기간에 따라 5~10일의 유급 휴가가 주어진다. 우리 기관의 경우 휴가 외에도 기본급의 50%를 함께 주고 있다.

11) 연 30만 원의 교육비가 지원된다.

자기 계발 목적으로 교육비를 지원하고 금액 안에서 교육을 들을 수 있다.

12) 복지 포인트가 제공된다.

2022년 서울시 사회복지시설 종사자 처우 개선 및 운영 계획, 맞춤형 포인트 제도 기준 복지관 종사자의 복지증진을 위해 10호봉 미만은 1년에 30만 원, 10호봉 이상은 연 40만 원의 복지 포인트를 사용할 수 있다.

6) 진급

진급은 사회복지사와 간호사 모두 동등하게 업무평가를 통해 진행된다. 기관 내부 상 평가 연차가 정해져 있고 대략 3년 경력쯤일 때 대리 승진평가를 받게 된다. 진급은 자리가 비어야 내가 그곳을 채우는 방식이라, 치열하게 이루어진다.

7) 병원 경력(부서·기한)

간호사 채용 시에 임상 경력을 중요하게 생각하지 않는다. 다만 간호사가 사회복지사와 협력할 수 있는지 부분을 주로 보고 이를 객관적으로 증빙할 수 있는 것은 사회복지 자격증이다. 또한, 복지관에서는 전 건강영역을 돌볼 수 있는 사람, 응급처치가 가능한 간호사 인력을 요구한다. 따라서, 내과 또는 응급실 경력이 있는 간호사를 선호한다.

12장. 앞으로의 비전

일반적으로 하루를 24시간으로 나누고, 수면시간을 제외하고 가장 많은 시간을 보내는 곳은 회사일 것이다. 매일 하루 8시간 이상을 보내는 일

그저 돈벌이라고 생각하면 직장이 돈을 버는 곳일 뿐일 테고, 누군가 힘들게 버티고 있는 곳이라면 그저 버티는 곳이 될 것이다.

나는 간호사를 하면서 한 달에 꽤 많은 월급을 받아보았다. 그런데, 돈을 쓸 시간이 그리 많지 않았다. 3교대 근무를 하면서 몸과 마음이 지쳐있었고 쉬는 날이면 잠자기에 바빴다. 어느 날 마트에 들려, 과일 한 상자를 사고 병원 기숙사로 돌아오던 길

상가의 유리에 비친 내 모습이 보였다.

초췌하고, 어둠의 기운이 가득 있는 표정과 축 처진 어깨, 그리고 터벅터벅 걸어가는 나의 모습, 사실 병원 기숙사로 가는 길 마음이 내내 우울했다.

그렇다. 나에게 병원 근무는 그리 행복한 기억이 없다.

유리에 비친 나의 모습을 보고 눈물이 왈칵 쏟아졌다.

길거리에서 그렇게 거울에 비친 나를 보고 울었다.

그때 다짐했다.

내가 이 병원에 다니는 목적은 돈뿐이다. 돈을 바짝 벌어서 돈을 목표치만큼 모이면 그때 퇴사하자. 일하는 목적을 돈으로 설정했다.

그래서 돈을 목적으로 일을 다녔다. 그런데 하루하루가 괴로웠다.

이게 바로 버티는 삶이라는 생각이 들었다.

그렇게 버티는 삶을 살다 보니 몸 이곳저곳에서 문제가 생겼고 결국 나는 퇴사를 하게 됐다.

병원을 퇴사하던 날은 나에게 잊히지 않는 날이다.

병원 출입구에 서서 시원한 바람을 콧속 깊이 들여 마셨다.

퇴사하는 날 처음으로 하늘을 보았다. 참 푸르렀다.

왜 그동안엔 하늘을 한번 보지 않고 살았을까.

나는 경험으로 안다.

직장을 다니는 목적이 돈이 되면, 그것이 얼마나 괴로운지 말이다.

복지관에 입사해서 아주 적은 급여를 받았지만 행복했다.

이 일을 한다는 것이 즐거웠다. 처음 느껴본 경험이었다.

돈이 전부가 아니구나, 일을 이렇게 즐겁게도 할 수 있는 거구나 하고 말이다.

일이 너무 즐거워서 퇴근하는 순간에도 신나있었고

누군가를 돕는 의미 있음이 느껴지는 날에는 마음이 꽉꽉 차서 돌아갔다.

나는 지금 하는 일을 앞으로도 할 생각이다.

복지관 간호사 → 복지관 사회복지사 → 사회복지를 하는 간호사로 성장해 가면서 실무자들을 돕기 위한 여러 가지 방법을 생각하고, 이것을 실천하고 있다.

간호사들에게는 간호커뮤니티 회사를 기반으로 한 인터뷰 및 복지관 간호사를 소개함으로써 복지관 간호사라는 직업을 알리고 인터넷에 잘못 알려진 정보를 다시 정정하는 일을 한다. 사회복지사들에게는 사례 중심의 고독사 및 위기 대처법 강의, 그 외에 지역주민들을 대상으로 하는 치매에 대한 이해와 사례별 대처역량 향상과 같은 교육을 하고, 사회복지사들도 주민을 만날 때 넓은 시야로 볼 수 있도록 돕고 있다.

앞으로의 방향은 나 혼자 해결하기 어려운 사회적 문제를 나와 마음이 맞는 사람들과 함께 사회적 문제를 해결해 보는 것이다.

세상엔 나와 뜻을 같이하는 좋은 사람들이 많으니 말이다.

조금씩 조금씩 모여 공을 굴려 가다 보면, 작은 공이 큰 공이 되고 그러면 조금이나마 아름다운 세상을 만들어 내지 않겠는가?